西安交通大学 XI'AN JIAOTONG UNIVERSITY　钱学森学院 QIAN XUESEN HONORS COLLEGE

西安交通大学少年班规划教材

中国诗歌与散文经典选读（下）

（第二版）

主编◎赵贝琦　孙晋诺

西安交通大学出版社
XI'AN JIAOTONG UNIVERSITY PRESS

图书在版编目(CIP)数据

中国诗歌与散文经典选读.下 / 赵贝琦,孙晋诺主编. — 2版.— 西安 ：西安交通大学出版社，2022.8(2024.8重印)
ISBN 978-7-5693-2733-5

Ⅰ.①中… Ⅱ.①赵… ②孙… Ⅲ.①诗集—中国 ②散文集—中国 Ⅳ.①I211

中国版本图书馆CIP数据核字(2022)第143774号

书　　名 中国诗歌与散文经典选读(下)
ZHONGGUO SHIGE YU SANWEN JINGDIAN XUANDU (XIA)
主　　编 赵贝琦　孙晋诺
责任编辑 赵怀瀛
责任校对 王建洪
封面设计 果　子

出版发行 西安交通大学出版社
(西安市兴庆南路1号　邮政编码710048)
网　　址 http://www.xjtupress.com
电　　话 (029)82668357　82667874(市场营销中心)
(029)82668315(总编办)
传　　真 (029)82668280
印　　刷 西安日报社印务中心

开　　本 787mm×1092mm　1/16　**印张** 9.875　**字数** 153千字
版次印次 2015年8月第1版　2022年8月第2版　2024年8月第3次印刷
书　　号 ISBN 978-7-5693-2733-5
定　　价 39.80元

如发现印装质量问题，请与本社市场营销中心联系。
订购热线：(029)82665248　(029)82667874
投稿热线：(029)82668133
读者信箱：xj_rwjg@126.com

总序

1985年对西安交通大学来说是值得铭记的年份。这一年，教育部正式批准学校开办少年班，学校积极响应邓小平同志的指示："在人才的问题上，要特别强调一下，必须打破常规去发现、选拔和培养杰出的人才。"转眼间，少年班已走过了35年的办学历程，在破解"如何发现智力超常少年并因材施教"这一极具挑战性的难题上，西安交通大学先后的5位校长，艰难探索，矢志不渝，构建了一套适合中国国情且自主创新的少年班人才选拔和培养体系，培养了一批又一批少年英才。目前，少年班从初中应届毕业生中选拔招生，实行"预科—本科—硕士"的八年制贯通培养模式，其中，预科一年级在指定的四所优秀预科中学学习，预科二年级在大学学习，为期各一年。

基础教育与高等教育的有机衔接一直是少年班探索和研究的重点，而教材作为知识衔接的重要载体，成为影响少年班教育质量的关键因素。为此，钱学森学院于2010年10月成立少年班教材编写小组，正式启动教材编写研究工作。全国首套少年班系列教材出版于2014年12月。来自大学及高中的近60名专家和一线教师参与其中，谨遵"因材施教、发掘潜能、注重创新、超常教育、培养英才"的指导思想，通过多次研讨、仔细斟酌、反复修订和严格审核，耗时4年有余，最终编写并出版了全国首套将"预科—本科"有机衔接的教材。这套教材包含6门课程，共22册，总计2550学时，828万字。这套教材自出版至今，使用效果良好。

2018年，经过大量调研，钱学森学院制定了新版少年班培养方案，在新版培养方案的基础上规划修订数学、物理、化学、英语、语文等课程的教材，并于2020年启动少年班"十四五"规划教材的编写和出版工作。此版教材将力求实现"预科—本科"课程的无缝衔接，从知识体系、内容结构、案例设计、习题配套等方面对教材内涵和风格进行重新编撰和优化，同时注重拔尖学生的发展需求，体现新版少年班培养方案中"以兴趣为导向"的教育教学改革思想。

愿此版教材可让更多关注少年班的有识之士受益。同时，我们也希望借此机会，号召大家集思广益，群策群力，共同为推动少年英才培养进程做出努力。

是为序。

杨　森

2020年8月10日

前言

语文是语言和文字的合称，是最重要的交际工具。它是人类文化的重要组成部分，承载着博大精深、奥妙无穷的中华文化。2015年8月正式出版的西安交通大学少年班规划教材·语文系列教材之《中国诗歌与散文经典选读》，本着立德树人之目的，以“文学史为经，文选为纬”，精选中国经典诗歌和散文，根据“阅读与鉴赏”“表达与交流”两个方面的目标，让学生在阅读与表达活动中，体会其中蕴涵的中华民族精神，为其形成一定的传统文化底蕴奠定基础。本次修订，是为了配合教育部高中新版统一教材，调整了部分课文，注入了单元学习任务群的元素，更加侧重学生语文素养的培养和提高。

《中国诗歌与散文经典选读》适合于西安交通大学少年班预科一年级，分为上、下两册，由三个模块组成。

第一模块：诗歌与风雅情致（上册第一部分）。该模块由八个版块组成，共设计了《诗经》《离骚》选读、汉魏六朝诗选读、唐诗选读、宋诗选读、唐五代至南宋词选读、现代诗歌选读六个专题。

第二模块：文史与中国人的智性德操（下册全书）。该模块由十个版块组成，共设计了先秦诸子选读、政论文选读、史传文选读、唐宋八大家散文选读、魏晋唐宋序表辞赋选读、明清散文选读、现代散文选读七个专题。

第三模块：写作与独抒性灵（上册第二部分）。该模块由九个版块组成，共设计了相聚、印象、情怀、文体、逻辑五个专题。

其中，第一、二模块侧重于达成“阅读与鉴赏”方面的目标。在每一个版块选读内容安排上，分别由选文、注释、作家作品、推荐书目和研讨与练习五部分内容组成。其目的是：①在诵读原文的基础上，背诵一定数量的古代诗文名篇；②学习鉴赏诗歌、散文的基本方法，注意从不同角度和层面发现作品意蕴，充分调动自己的生活经验和知识积累，不断获得新的阅读体验，逐渐形成自己的批判与创新性思维；③学会灵活使用常用语文工具书，能利用多种媒体搜集和处理信息，并注重合作学习，养成互相切磋的习惯，乐于与他人交流自己的阅读鉴赏心得，展示自己的读书成果。

第三模块侧重于达成“表达与交流”方面的目标。其目的是:①学会多角度地观察生活,丰富生活经历和情感体验,能利用多种媒体搜集和处理信息,对自然、社会和人生有自己的感受和思考;②能考虑不同的目的要求,以负责的态度陈述自己的看法,表达真情实感,培育科学理性精神;③可以根据个人特长和兴趣,组织文学社团,展示自己的成果,力求有个性、有创意的表达和交流。

《中国诗歌与散文经典选读》(上)由西安交通大学附属中学张晏老师、天津市南开中学程滨老师主笔,《中国诗歌与散文经典选读》(下)由杭州高级中学赵贝琦老师、江苏省苏州中学孙晋诺老师主笔。由于编者水平有限,在编写的过程中,参考了大量的文献资料,同时多次向同行请教,这里,向所有提供帮助和关心的人们表示感谢。虽然在本次修订中力求以简统繁,几经易稿,但书中仍有不足,希望广大师生在阅读和使用的过程中提出中肯的建议,以便在后续的修订中改正。

编者

2022 年 7 月

目录

第一课

儒家经典选读

《论语》十三则[1]

《论语》

子曰："君子食无求饱，居无求安，敏[2]于事而慎于言，就有道而正焉[3]，可谓好学也已。"(《学而》)

子曰："人而[4]不仁，如礼何[5]？人而不仁，如乐何？"(《八佾》)

子曰："朝闻道，夕死可矣。"(《里仁》)

子曰："君子喻[6]于义，小人喻于利。"(《里仁》)

子曰："见贤思齐焉，见不贤而内自省也。"(《里仁》)

子曰："质胜文则野[7]，文胜质则史[8]。文质彬彬[9]，然后君子。"(《雍也》)

曾子曰："士不可以不弘毅[10]，任重而道远。仁以为己任，不亦重乎？死而后已，不亦远乎？"(《泰伯》)

子曰："譬如为山，未成一篑[11]，止，吾止也。譬如平地[12]，虽覆一篑，进，吾往

也。"(《子罕》)

子曰:"知[13]者不惑,仁者不忧,勇者不惧。"(《子罕》)

颜渊问仁。子曰:"克己复礼[14]为仁。一日[15]克己复礼,天下归[16]仁焉。为仁由己,而由人乎哉?"颜渊曰:"请问其目[17]。"子曰:"非礼勿视,非礼勿听,非礼勿言,非礼勿动。"颜渊曰:"回虽不敏,请事[18]斯语矣。"(《颜渊》)

子贡问曰:"有一言[19]而可以终身行之者乎?"子曰:"其恕乎!己所不欲,勿施于人。"(《卫灵公》)

子曰:"小子[20],何莫学夫[21]《诗》?《诗》可以兴[22],可以观[23],可以群[24],可以怨[25]。迩[26]之事父,远之事君。多识于鸟兽草木之名。"(《阳货》)

注释

[1]节选自《论语》。

[2]敏:勤勉。

[3]就有道而正焉:到有道的人那里去匡正自己。有道,指有才艺或有道德的人。

[4]而:如果。

[5]如礼何:怎样对待礼呢?

[6]喻:知晓、明白。

[7]质胜文则野:质朴超过文采就会粗野鄙俗。质,质朴、朴实。文,华美、文采。野,粗野、粗俗。

[8]史:虚饰、浮夸。

[9]文质彬彬:文质兼备、配合适当的样子。

[10]弘毅:志向远大,意志坚强。弘,广、大。

[11]未成一篑:只差一筐土就能完成。篑,盛土的竹筐。

[12]平地:填平洼地。

[13]知:同"智"。

[14]克己复礼:约束自我,使言行符合礼的要求。

[15]一日：一旦。

[16]归：归顺。

[17]目：条目、细则。

[18]事：从事。

[19]一言：一个字。

[20]小子：老师对学生的称呼。

[21]夫：那。

[22]兴：激发人的感情。

[23]观：观察天地万物及人间的盛衰和得失。

[24]群：合群。

[25]怨：讽刺时政。

[26]迩：近。

子路、曾皙、冉有、公西华侍坐[1]。子曰："以[2]吾一日长[3]乎尔，毋吾以也。居[4]则[5]曰：'不吾知也！'如或[6]知尔，则何以[7]哉？"

子路率尔[8]而对曰："千乘[9]之国，摄[10]乎大国之间，加之以师[11]旅，因[12]之[13]以饥馑；由也为之，比及[14]三年，可使有勇，且[15]知方[16]也。"

夫子哂[17]之。

"求！尔何如？"对曰："方[18]六七十，如[19]五六十，求也为之，比及三年，可使足[20]民。如[21]其[22]礼乐，以[23]俟[24]君子。"

"赤！尔何如？"对曰："非曰能[25]之，愿学焉[26]。宗庙之事，如[27]会[28]同[29]，端[30]章甫[31]，愿为小相[32]焉[33]。"

"点！尔何如？"鼓[34]瑟[35]希[36]，铿尔，舍[37]瑟而作[38]，对曰："异乎三子者之撰[39]。"子曰："何伤[40]乎？亦各言其志也。"曰："莫春[41]者，春服既成[42]，冠[43]者五六人，童子六七人，浴乎沂，风乎舞雩[44]，咏而归。"夫子喟然[45]叹曰："吾与[46]点也！"

三子者出，曾皙后[47]。曾皙曰："夫三子者之言何如？"子曰："亦各言其志也已矣。"曰："夫子何哂由也？"曰："为国以礼，其言不让[48]，是故哂之。""唯求则非邦[49]也与[50]？”“安[51]见方六七十如五六十而非邦也者？”“唯赤则非邦也与？”“宗庙会同，非诸侯而何？赤也为之小，孰能为之大？”(《先进》)

注释

[1]子路、曾皙、冉有、公西华侍坐：子路等四人陪孔子坐着。子路姓仲，名由；曾皙名点；冉有名求；公西华姓公西，名赤，字子华。侍，陪侍。

[2]以：因为。

[3]长(zhǎng)：年长。

[4]居：平时。

[5]则：往往。

[6]如或：如，如果；或，有人。

[7]何以：用什么(去实现自己的抱负)。

[8]率尔：急遽而不加考虑的样子。尔，相当于“然”。

[9]乘(shèng)：古时一车四马叫一乘。

[10]摄：夹。

[11]师：军队。

[12]因：接着。

[13]之：代指“师旅”所进行的侵略战争。

[14]比及：等到。

[15]且：并且。

[16]方：礼义。

[17]哂(shěn)：微笑。

[18]方：纵横。

[19]如：连词，表选择。

[20]足：使……富足。

[21]如：至于。

[22]其：那。

[23]以：把。

[24]俟(sì):等待。

[25]能:能做到。

[26]焉:代指下文提到的事情。

[27]如:或者。

[28]会:诸侯盟会。

[29]同:诸侯朝见天子。

[30]端:古代一种礼服。

[31]章甫:名词作动词,穿着礼服,戴着礼帽。

[32]小相(xiàng):在祭祀、会盟或朝见天子时主持赞礼和司仪的人。

[33]焉:兼词,在这些场合。

[34]鼓:弹。

[35]瑟:古乐器。

[36]希:同"稀",稀疏,指鼓瑟声音已近尾声。

[37]舍:放下。

[38]作:站起身。

[39]撰:才干。

[40]伤:妨害。

[41]莫春:农历三月。莫,同"暮"。

[42]春服既成:春服已穿上。

[43]冠:古时男子二十岁为成年,束发加冠。

[44]风乎舞雩(yú):到舞雩台上吹风。风,迎风而吹;舞雩,求雨祭天处。

[45]喟(kuì)然:叹息的样子。

[46]与:赞同。

[47]后:留在后面。

[48]让:谦让。

[49]邦:国家大事。

[50]与:疑问语气词。

[51]安:怎么。

作家作品

孔子(公元前551年—前479年),名丘,字仲尼。春秋时期鲁国陬邑(今山东曲阜东南)人,是我国历史上伟大的思想家、政治家、教育家。他早年丧父,年轻时做过委吏(管理仓库)与乘田(管理畜牧)。虽生活贫苦,但好学上进。他是私人讲学之风的开创者和儒家学派的创始人。儒家思想对中国以及东方文明产生过重大影响并持续至今。

《论语》是一部记载孔子及其弟子言行的文集,一般认为成书于战国初期,是我国古代儒家经典著作之一。书中体现了孔子及儒家学派的政治主张、伦理思想、道德观念、教育原则等。作为一部优秀的语录体散文集,《论语》言简意赅、含蓄隽永。《论语》中所记孔子循循善诱的教诲之言,或点到即止的应答,或侃侃而谈的启发论辩,富于变化,娓娓动人。

太史公曰:"《诗》有之:'高山仰止,景行行止。'虽不能至,然心向往之。余读孔氏书,想见其为人。适鲁,观仲尼庙堂车服礼器,诸生以时习礼其家,余祗回留之不能去云。天下君王至于贤人众矣,当时则荣,没则已焉。孔子布衣,传十余世,学者宗之。自天子王侯,中国言六艺者折中于夫子,可谓至圣矣!"

——选自《史记・孔子世家》

孔子被联合国教科文组织列为世界十大历史文化名人之首。《论语》中的许多话都已成为格言而流传于世,例如:"三人行,必有我师焉""有教无类""温故而知新"等句。

——辑自中外书刊对《论语》的有关评价

推荐书目

1.杨伯峻.论语译注[M].北京:中华书局,2009.

2.梁启超.孔子与儒家哲学[M].北京:中华书局,2016.

3.李泽厚.论语今读[M].北京:生活·读书·新知三联书店,2004.

《大学》选读[1]

《礼记》

大学之道[2],在明明德[3],在亲民[4],在止于至善[5]。知止而后有定[6],定而后能静[7],静而后能安[8],安而后能虑[9],虑而后能得[10]。物有本末,事有终始,知所先后,则近道矣。

古之欲明明德于天下者,先治其国。欲治其国者,先齐其家[11]。欲齐其家者,先修其身。欲修其身者,先正其心。欲正其心者,先诚其意。欲诚其意者,先致其知[12]。致知在格物[13]。物格而后知至[14],知至而后意诚,意诚而后心正,心正而后身修,身修而后家齐,家齐而后国治,国治而后天下平。自天子以至于庶人,壹是[15]皆以修身为本。

注释

[1]节选自《礼记·大学》。

[2]大学之道:穷理、正心、修身、治人的根本原则。

[3]明明德:彰明美德。前一个“明”是动词,彰明。明德,高尚的德行。

[4]亲民:亲近爱抚民众。一说“亲”当作“新”,“新民”即使天下人去旧立新,去恶向善。

[5]止于至善:达到道德修养的最高境界。

[6]知止而后有定:知道要达到"至善"的境界,则志向坚定不移。

[7]静:心不妄动。

[8]安:性情安和。

[9]虑:思虑精详。

[10]得:处事合宜。

[11]齐其家:使家族中的各种关系整齐有序。

[12]致其知:获得知识。一说,把自己对事物的认识推到极致。

[13]格物:推究事物的原理。

[14]知至:对外物之理认识充分。

[15]壹是:一概、一律。

作家作品

《礼记》是中国儒家文化的主要典籍,共49篇,内容大多是阐释、补充《仪礼》经义,其中大部分内容应是孔子弟子及其后学所撰,部分篇目可能是秦汉间所著。传统的说法认为《礼记》是西汉中期戴圣(小戴)所编,但近代以来有不少学者认为《礼记》迟至东汉中期方成书。

与其他经书较为清晰的传承谱系不同,作为"记",《礼记》在汉代的传承情况并不明了。至东汉中晚期,马融、卢植、郑玄分别为之作注,《礼记》的地位大幅提升。其中郑玄注校勘精审,注释精当,受到学者的推崇,遂流传至今。南北朝时,又有一批经学家为《礼记》作疏,相关著作的数量已远超过作为"经"的《仪礼》。到唐初,官方撰定《五经正义》,礼用《礼记》而弃《仪礼》,《礼记》的地位被最终确定。

《礼记正义》是唐代孔颖达奉敕编撰的《五经正义》中的一种,也是后世汇编的《十三经注疏》中的一种。贞观年间,孔颖达受命领衔编撰《五经正义》,也称为《五经疏义》,排除了经学内部的门户之见,于众学中择优而定一尊,摒弃了南学与北学的地域偏见,兼容百氏,融合南北,将西汉以来的经学成果尽行保存。《五经正义》被唐王朝颁为经学的标准解释,成为经书定本,从而完成了中国经学史上从纷争到统一的演变过程。

《孟子》二则

《孟子》

齐桓晋文之事[1]

齐宣王[2]问曰："齐桓、晋文之事可得闻乎？"

孟子对曰："仲尼之徒无道桓文之事者，是以后世无传焉，臣未之闻也。无以，则王乎[3]？"

曰："德何如则可以王矣？"

曰："保民[4]而王，莫之能御也。"

曰："若寡人者，可以保民乎哉？"

曰："可。"

曰："何由知吾可也？"

曰："臣闻之胡龁[5]曰：王坐于堂上，有牵牛而过堂下者，王见之，曰：'牛何之[6]？'对曰：'将以衅钟[7]。'王曰：'舍[8]之！吾不忍其觳觫[9]，若无罪而就[10]死地。'对曰：'然则废衅钟与？'曰：'何可废也？以羊易之[11]。'不识有诸[12]？"

曰："有之。"

曰："是心足以王矣。百姓皆以王为爱[13]也，臣固知王之不忍也。"

王曰："然，诚有百姓者[14]。齐国虽褊小[15]，吾何爱一牛？即不忍其觳觫，若无罪而就死地，故以羊易之也。"

曰："王无异[16]于百姓之以王为爱也。以小易大，彼恶知之[17]？王若隐[18]其无罪而就死地，则牛羊何择焉[19]？"

王笑曰："是诚何心哉？我非爱其财而易之以羊也，宜乎百姓之谓我爱也[20]。"

曰："无伤也，是[21]乃仁术[22]也，见牛未见羊也。君子之于禽兽也，见其生，不忍见其死；闻其声，不忍食其肉。是以君子远庖厨[23]也。"王说[24]，曰："《诗》云：'他人有心，予忖度之[25]。'夫子之谓也[26]。夫我乃行之，反而求之，不得吾心[27]。夫子言之，于我心有戚戚[28]焉。此心之所以合于王者，何也？"

曰:“有复[29]于王者曰:‘吾力足以举百钧[30],而不足以举一羽;明[31]足以察秋毫之末[32],而不见舆薪[33]。’则王许[34]之乎?”

曰:“否。”

“今恩足以及禽兽,而功不至于百姓者,独何与[35]?然则一羽之不举,为不用力焉;舆薪之不见,为不用明焉;百姓之不见保[36],为不用恩焉。故王之不王,不为也,非不能也。”

曰:“不为者与不能者之形[37]何以异[38]?”

曰:“挟太山以超北海[39],语[40]人曰‘我不能’,是诚不能也。为长者折枝[41],语人曰‘我不能’,是不为也,非不能也。故王之不王,非挟太山以超北海之类也;王之不王,是折枝之类也。老吾老,以及人之老;幼吾幼,以及人之幼[42]。天下可运于掌[43]。《诗》云:‘刑于寡妻,至于兄弟,以御于家邦[44]。’言举斯心加诸彼而已[45]。故推恩足以保四海,不推恩无以保妻子。古之人所以大过人者,无他焉,善推其所为而已矣。今恩足以及禽兽,而功不至于百姓者,独何与?权[46],然后知轻重;度[47],然后知长短。物皆然,心为甚。王请度之!抑[48]王兴甲兵,危士臣[49],构怨[50]于诸侯,然后快于心[51]与?”

王曰:“否,吾何快于是?将以求吾所大欲[52]也。”

曰:“王之所大欲,可得闻与?”

王笑而不言。

曰:“为肥甘[53]不足于口与?轻暖[54]不足于体与?抑为采色[55]不足视于目与?声音[56]不足听于耳与?便嬖[57]不足使令于前与?王之诸臣皆足以供之,而王岂为是哉?”

曰:“否,吾不为是也。”

曰:“然则王之所大欲可知已:欲辟[58]土地,朝秦楚[59],莅中国[60]而抚四夷也。以若[61]所为,求若所欲,犹缘木而求鱼[62]也。”

王曰:“若是其甚与?”

曰:“殆[63]有甚焉。缘木求鱼,虽不得鱼,无后灾;以若所为,求若所欲,尽心力而为之,后必有灾。”

曰:“可得闻与?”

曰:“邹[64]人与楚人战,则王以为孰胜?”

曰："楚人胜。"

曰："然则小固不可以敌大，寡固不可以敌众，弱固不可以敌强。海内之地，方千里者九[65]，齐集有其一[66]。以一服八，何以异于邹敌楚哉？盖亦反其本矣[67]？今王发政施仁[68]，使天下仕者皆欲立于王之朝，耕者皆欲耕于王之野，商贾皆欲藏于王之市[69]，行旅皆欲出于王之涂[70]，天下之欲疾[71]其君者皆欲赴诉[72]于王。其若是，孰能御之？"

王曰："吾惛[73]，不能进于是[74]矣。愿夫子辅吾志[75]，明以教我。我虽不敏[76]，请尝试[77]之。"

曰："无恒产[78]而有恒心者，惟士[79]为能。若民，则无恒产，因无恒心。苟无恒心，放辟邪侈，无不为已[80]。及陷于罪，然后从而刑之[81]，是罔民[82]也。焉有仁人在位，罔民而可为也？是故明君制[83]民之产，必使仰足以事父母，俯足以畜[84]妻子，乐岁[85]终身饱，凶年[86]免于死亡；然后驱而之善[87]，故民之从之也轻[88]。今也制民之产，仰不足以事父母，俯不足以畜妻子，乐岁终身苦，凶年不免于死亡。此惟救死而恐不赡[89]，奚暇治礼义哉[90]？王欲行之，则盍反其本矣：五亩之宅，树之以桑，五十者可以衣帛[91]矣；鸡、豚、狗、彘[92]之畜，无失其时[93]，七十者可以食肉矣；百亩之田[94]，勿夺其时，八口之家可以无饥矣；谨庠序之教[95]，申[96]之以孝悌[97]之义，颁白者不负戴于道路[98]矣。老者衣帛食肉，黎民不饥不寒，然而不王者，未之有也。"

注释

[1]节选自《孟子·梁惠王上》。齐桓，即齐桓公（？—公元前643年），名小白，春秋时齐国国君。晋文，即晋文公（公元前697？—前628年），名重耳，春秋时晋国国君。齐桓公、晋文公均在春秋五霸之列。

[2]齐宣王：战国时齐国国君（约公元前350—前301年）。

[3]无以，则王（wàng）乎：如果一定要说一说，那么还是说说行王道的事吧。无以，不得已。王，行王道以统一天下。

[4]保民：安民、养民。

[5]胡龁(hé):齐宣王的近臣。

[6]何之:到哪里去。之,往。

[7]衅钟:古代新钟铸成,宰杀牲口,取血涂钟行祭。

[8]舍:释放。

[9]觳(hú)觫(sù):形容恐惧战栗的样子。

[10]就:走向。

[11]以羊易之:用羊来替换它(指牛)。古人以牛为牲之最大者,羊的地位低于牛。

[12]诸:“之乎”的合音。

[13]爱:吝惜、舍不得。

[14]诚有百姓者:的确有(对我有这种误解的)百姓。

[15]褊(biǎn)小:狭小。

[16]异:对……感到奇怪。

[17]彼恶(wū)知之:他们怎么知道呢?恶,疑问代词,怎么、哪里。

[18]隐:痛惜、哀怜。

[19]牛羊何择焉:牛和羊有什么区别呢?择,区别。

[20]宜乎百姓之谓我爱也:百姓认为我吝啬是理所当然的啊。爱,吝惜、吝啬。

[21]是:这,指以羊易牛。

[22]仁术:仁道,行仁政的方式。

[23]远庖厨:远离厨房。庖厨,厨房。

[24]说:同“悦”,高兴。

[25]他人有心,予忖(cǔn)度(duó)之:语出《诗经·小雅·巧言》。意思是别人有什么心思,我能够揣测到。

[26]夫子之谓也:(这话)说的就是您(这样的人)啊。夫子,古代对男子的尊称,这里指孟子。

[27]夫我乃行之,反而求之,不得吾心:意思是我这样做了,回头再去想它,想不出是为什么。

[28]戚戚:内心有所触动的样子。

[29]复:禀报。

[30]钧：古代重量单位，三十斤为一钧。

[31]明：视力。

[32]秋毫之末：鸟兽秋天所生的细毛的尖端。

[33]舆薪：整车的柴火。

[34]许：认可。

[35]独何与：却是为什么呢？独，偏偏、却。

[36]不见保：没有受到爱护。见，表示被动。

[37]形：表现。

[38]何以异：怎么区分？何以，怎么、用什么。

[39]挟（xié）太山以超北海：挟着泰山跃过北海。太山，即泰山。北海，指齐国北边的渤海。

[40]语（yù）：告诉。

[41]为长者折枝：为长者按摩肢体。枝，同“肢”。一说“折枝”指弯腰行礼。另一说“折枝”即折取树枝。均喻指常人较易办到的事情。

[42]老吾老，以及人之老；幼吾幼，以及人之幼：敬爱自家的老人，从而推广到（敬爱）别人家的老人；爱护自家的小孩，从而推广到（爱护）别人家的小孩。老，敬爱，后两个“老”指老人。幼，爱护，后两个“幼”指小孩。

[43]天下可运于掌：天下可以在手掌中转动。比喻天下很容易治理。

[44]刑于寡妻，至于兄弟，以御于家邦：语出《诗经·大雅·思齐》。意思是给自己的妻子做榜样，推广到兄弟，进而治理好家和国。刑，同“型”，典范、榜样，这里用作动词，做榜样。寡妻，正妻，一说为贤妻。御，治理。

[45]言举斯心加诸彼而已：这是说拿这样的心思施加到别人身上罢了。

[46]权：称量。

[47]度：丈量。

[48]抑：表示反问，相当于“难道”。

[49]危士臣：危害将士。意思是使将士处于险境。

[50]构怨：结怨。

[51]快于心：心里痛快。

[52]求吾所大欲:求得我最想要的东西。

[53]肥甘:美味的食物。

[54]轻暖:轻软暖和的衣服。

[55]采色:绚丽的颜色。采,同“彩”。

[56]声音:音乐。

[57]便(pián)嬖(bì):君主左右受宠爱的人。

[58]辟:开辟。

[59]朝秦楚:使秦楚来朝见。

[60]莅中国:统治中原地区。莅,统治。中国,古代指中原地区。

[61]若:如此。

[62]缘木而求鱼:爬上树去找鱼。比喻方向、方法不对,一定达不到目的。

[63]殆:恐怕、可能。

[64]邹:当时的一个小国,在今山东邹城一带。

[65]方千里者九:纵横各一千里的地方有九块。这是当时流行的说法。《礼记·王制》:“凡四海之内九州,州方千里。”

[66]齐集有其一:齐国的土地,算起来,也只有九分之一。集,集聚,这里指总面积。

[67]盖(hé)亦反其本矣:为什么不回到根本上来呢?盖,同“盍”,何不。本,指仁政王道。

[68]发政施仁:发布政令,施行仁政。

[69]商贾皆欲藏于王之市:做生意的人都想把货物储存在大王的市场上。

[70]涂:同“途”,道路。

[71]疾:憎恨。

[72]赴诉:奔走求告。

[73]惛:不明事理,糊涂。

[74]进于是:达到这一步。

[75]辅吾志:帮助(实现)我的志愿。

[76]不敏:愚钝,为谦辞。敏,聪慧。

[77]尝试:试行。

[78]恒产:可以长久维持生活的固定财产。

[79]士:这里指有道德操守的读书人。下文的“民”,指普通百姓。

[80]放辟(pì)邪侈,无不为已:不避守礼义法度,无所不为。放,放纵。辟,不正。侈,过度。

[81]从而刑之:接着就处罚他们。刑,处罚。

[82]罔民:陷害百姓。罔,同“网”,张网捕捉,比喻陷害。

[83]制:规定。

[84]畜(xù):养活。

[85]乐岁:丰年。

[86]凶年:荒年。与“乐岁”相对。

[87]驱而之善:驱使他们向善。

[88]从之也轻:很容易地跟着国君走。轻,容易。

[89]此惟救死而恐不赡:这样,只是使自己摆脱死亡还怕不足。惟,只是。赡,足。

[90]奚暇治礼义哉:哪里还顾得上讲求礼义呢?奚,何。治,讲求。

[91]衣(yì)帛:穿丝织的衣服。衣,穿。《孟子·尽心上》:“五十非帛不暖,七十非肉不饱。不暖不饱,谓之冻馁。”据说西伯(周文王)“善养老者”,教民“树畜”,使老人可衣帛食肉,不致冻馁。这里所说的冻馁,与无衣无食不同。

[92]彘(zhì):猪。

[93]时:季节。这里指家禽家畜生长繁殖的时节。“勿夺其时”的“时”,指适宜种植、收获庄稼的时节。

[94]百亩之田:相传周代实行井田制,一家可分得耕田一亩。

[95]谨庠(xiáng)序之教:慎重办理学校教育。谨,用作动词。庠序,古代的地方学校,后泛指学校。

[96]申:申诫、告诫。

[97]孝悌:善事父母为“孝”,敬爱兄长为“悌”。

[98]颁白者不负戴于道路:头发花白的老人不会在路上背着或顶着东西。意思是年轻人懂得敬老,都来代劳。颁,同“斑”。戴,用头顶着物件。

人皆有不忍人之心[1]

孟子曰:“人皆有不忍人之心。先王有不忍人之心,斯有不忍人之政矣;以不忍人之心,行不忍人之政,治天下可运[2]之掌上。所以谓人皆有不忍人之心者:今人乍见孺子将入于井,皆有怵惕[3]恻隐[4]之心;非所以内交[5]于孺子之父母也,非所以要誉[6]于乡党[7]朋友也,非恶其声而然[8]也。由是观之,无恻隐之心,非人也;无羞恶[9]之心,非人也;无辞让[10]之心,非人也;无是非之心,非人也。恻隐之心,仁之端[11]也;羞恶之心,义之端也;辞让之心,礼之端也;是非之心,智之端也。人之有是四端也,犹其有四体[12]也。有是四端而自谓不能者,自贼[13]者也;谓其君不能者,贼其君者也。凡有四端于我者,知皆扩而充之矣,若火之始然[14],泉之始达[15]。苟能充之,足以保[16]四海;苟不充之,不足以事父母。”

注释

[1]选自《孟子·公孙丑上》,题目是编者加的。不忍人,即怜爱别人。忍人,狠心对待别人。

[2]运:运转、转动。

[3]怵惕:惊骇、恐惧。

[4]恻隐:哀痛、怜悯(别人的不幸)。

[5]内(nà)交:结交。内,同“纳”。

[6]要(yāo)誉:博取名誉。要,求取。

[7]乡党:同乡。

[8]非恶其声而然:并非因为厌恶孩子的哭声才这样。

[9]羞恶(wù):对自身的不善感到羞耻,对他人的不善感到憎恶。

[10]辞让:谦逊推让。

[11]端:萌芽、发端。

[12]四体:四肢。

[13]贼：伤害。

[14]然：同“燃”。

[15]达：流通，指泉水流出。

[16]保：安定。

作家作品

孟子（约公元前372年—约前289年），名轲，邹（今山东邹城）人，生活于战国前期。孟子是鲁国贵族孟孙氏的后裔，没落为“士”。由于他景仰并弘扬孔子的学说，成为儒家又一名大师，后世尊其为“亚圣”。他行事仿效孔子，收过不少门徒，游说各国。由于各国间都以力相争，他却鼓吹以德为王，言仁义而不言利，终不能被用，于是退而著书。孟子思想本于孔子而有所发展，主张施仁政，使人民安居乐业。他提出的理想社会，是一种黎民不饥不寒、老者安享晚年之乐的小康景象。“民贵君轻”是他的著名论点。

《孟子》共七篇，记述了孟子的言行，由他本人和门徒共同完成。从体裁上说，《孟子》仍属于语录体，但较《论语》有较大的发展，而且很多段落都围绕一定的中心。其结构完整，条理清楚，只要添上题目，就可以单独成篇。

孟轲师子思，子思之学，盖出曾子。自孔子没，群弟子莫不有书，独孟轲氏之传得其宗，故吾少而乐观焉。……故求观圣人之道，必自孟子始……

——选自韩愈《送王秀才序》

推荐书目

1.司马迁.史记[M].北京：中华书局，1982.

2.南怀瑾.孟子旁通[M].上海：复旦大学出版社，1996.

3.刘培桂.孟子与孟子故里[M].北京：中国文史出版社，2001.

研讨与练习

1. 补充阅读《论语》的相关内容，理解仁、义、礼等儒家思想的核心概念。

2. 体味“子路、曾皙、冉有、公西华侍坐”一则中师生五人不同的性格。“己所不欲，勿施于人”是孔子提倡如何行周礼之道的一种准则，其中“不欲”的内涵是什么？

3. 结合《孟子》二则，能否简要地述说一下孟子的“仁政”思想的主要内容？“四端”对为人处世、治理天下有何重要性？

4. 结合历史事件与日常生活，辩证思考儒家经典的价值。

第二课

《老子》《庄子》选读

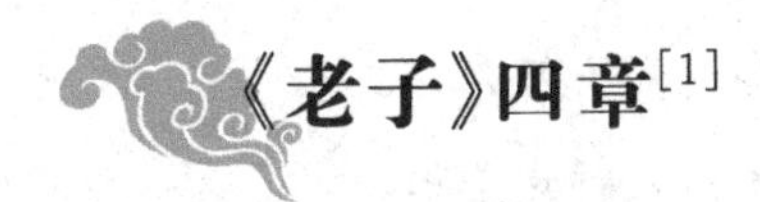

《老子》四章[1]

《老子》

三十辐共一毂[2]，当其无，有车之用[3]。埏埴[4]以为器，当其无，有器之用。凿户牖[5]以为室，当其无，有室之用。故有之以为利，无之以为用[6]。（第十一章）

企者不立[7]，跨者不行[8]，自见者不明[9]，自是者不彰[10]，自伐[11]者无功，自矜者不长[12]。其在道也，曰余食赘行，物或恶之[13]，故有道者不处[14]。（第二十四章）

知人者智，自知者明。胜人者有力，自胜者强。知足者富，强行者有志[15]。不失其所者久[16]，死而不亡者寿[17]。（第三十三章）

其安易持[18]，其未兆易谋[19]，其脆易泮[20]，其微易散[21]。为之于未有[22]，治之于未乱。合抱之木，生于毫末[23]；九层之台，起于累土[24]；千里之行，始于足下。为者败之[25]，执者失之[26]。是以圣人无为[27]，故无败；无执，故无失。民之从事，常于几[28]成而败之。慎终如始，则无败事。是以圣人欲不欲[29]，不贵难得之货，学不学，复众人之所过[30]，以辅万物之自然而不敢为。（第六十四章）

注释

[1]节选自《老子》。

[2]毂(gǔ):车轮的中心部位,周围与辐条的一端相接,中间的圆孔用来插车轴。

[3]当其无,有车之用:意思是,车的功用正是产生于车毂的"无"。无,指车毂的中空处。

[4]埏(shān)埴(zhí):和泥(制作陶器)。埏,用水和(huó)土。埴,黏土。

[5]户牖:门窗。

[6]有之以为利,无之以为用:意思是,"有"(车子、器、屋室)供人方便利用,正是"无"起了作用。

[7]企者不立:踮起脚的人不能久立。

[8]跨者不行:跨大步的人行走不远。

[9]自见(xiàn)者不明:自我显露的不能显明。

[10]自是者不彰:自以为是的不能彰显。

[11]自伐:和下文的"自矜"都是自我夸耀的意思。

[12]长:长久。一说读 zhǎng,意思是得到敬重。

[13]其在道也,曰余食赘行,物或恶之:("自见""自是""自伐""自矜"等行为)用道的观点来看,就叫作剩饭、赘瘤,人们常常厌恶它们。行,同"形"。

[14]处:为、做。

[15]强(qiǎng)行者有志:勤勉而行的人有意志。

[16]不失其所者久:不丧失立身之基的人能够长久。

[17]死而不亡者寿:死而不朽的人就是长寿。意思是,有道之人身死而道长存,这就是寿。

[18]其安易持:事物安然未生变的时候容易持守。

[19]其未兆易谋:问题还没有显露迹象的时候容易解决。

[20]其脆易泮:事物脆弱的时候容易分离。泮,同"判",分离。

[21]其微易散：事物细微的时候容易散失。

[22]为之于未有：要在事情未发生前就处理妥当。

[23]毫末：毫毛的末端。比喻极其细微的事物。

[24]累土：一筐土。累，同“蔂”，土筐。

[25]为者败之：动手去做的就会坏事。

[26]执者失之：有所把持的就会失去。

[27]无为：顺应自然，不求有所作为。

[28]几：接近。

[29]欲不欲：想要常人所不想要的。

[30]复：补救、弥补。

作家作品

老子（生卒年不详），相传姓李名耳，字聃，一字伯阳，籍贯也多有争议，春秋时期哲学家、道家学派创始人。老子做过周朝管理藏书的史官，相传孔子曾向他问礼。《老子》又称《道德经》，传世本共八十一章。其书是否为老子所著，历来有争议，一般认为书中所述基本反映了他的思想。老子哲学的理论基础是由“道”这个观念展开的。《老子》以韵文为主，表现为韵散结合的形式，是先秦说理文的另一形态。《老子》比《论语》更具抽象思维特质，它的文学性，主要源于哲学表述中反映的情感和具有诗意的语言。

推荐书目

1. 陈鼓应. 老子今译今注[M]. 北京：商务印书馆，2016.
2. 任继愈. 老子新译[M]. 上海：上海古籍出版社，1978.
3. 钱穆. 庄老通辨[M]. 北京：生活·读书·新知三联书店，2002.

《庄子》二则

《庄子》

五石之瓠[1]

惠子谓庄子曰:“魏王贻我大瓠之种,我树之成而实五石[2]。以盛水浆,其坚[3]不能自举也。剖之以为瓢,则瓠落无所容[4]。非不呺然[5]大也,吾为其无用而掊[6]之。”庄子曰:“夫子固拙于用大[7]矣。宋人有善为不龟手之药[8]者,世世以洴澼絖[9]为事。客闻之,请买其方百金。聚族而谋曰:‘我世世为洴澼絖,不过数金。今一朝而鬻[10]技百金,请与之。’客得之,以说[11]吴王。越有难[12],吴王使之将。冬,与越人水战,大败越人,裂地而封之。能不龟手一也,或以封,或不免于洴澼絖,则所用之异也。今子有五石之瓠,何不虑[13]以为大樽[14]而浮乎江湖,而忧其瓠落无所容?则夫子犹有蓬之心[15]也夫!”

注释

[1]节选自《庄子·逍遥游》。石,计算容量的单位,十斗为一石。瓠(hù),葫芦。

[2]实五石:能容得下五石的东西。

[3]坚:坚固。这里指大瓠的坚固程度。

[4]瓠落无所容:宽大平浅却无法容纳东西。瓠落,宽大平浅的样子。

[5]呺(xiāo)然:内中空虚而宽大的样子。

[6]掊(pǒu):击破。

[7]拙于用大:不善于使用大的东西,不善于发挥事物的“大”的功用。

[8]不龟(jūn)手之药:防止手冻裂的药物。龟,同“皲”,皮肤冻裂。

[9]洴(píng)澼(pì)絖(kuàng):漂洗丝絮。洴澼,漂洗。絖,同“纩”,丝绵絮。

[10]鬻(yù):卖。

[11]说:同"悦",取悦。

[12]越有难(nàn):越人发兵侵吴。

[13]虑:用绳结缀。

[14]樽:盛酒器。

[15]蓬之心:比喻不通达的见识。蓬,一种草,弯曲不直。

庖丁解牛[1]

庖丁为文惠君解牛[2],手之所触,肩之所倚,足之所履,膝之所踦,砉然[3]向然,奏刀騞然[4],莫不中音。合于《桑林》[5]之舞,乃中《经首》[6]之会。

文惠君曰:"嘻[7],善哉!技盖[8]至此乎?"

庖丁释刀对曰:"臣之所好者道也,进[9]乎技矣。始臣之解牛之时,所见无非牛者。三年之后,未尝见全牛也。方今之时,臣以神遇而不以目视,官知止而神欲行[10]。依乎天理[11],批大郤[12],导大窾[13],因其固然[14],技经肯綮之未尝[15],而况大軱乎[16]!良庖岁更刀,割[17]也;族[18]庖月更刀,折[19]也。今臣之刀十九年矣,所解数千牛矣,而刀刃若新发于硎[20]。彼节[21]者有间,而刀刃者无厚;以无厚入有间,恢恢乎[22]其于游刃必有余地矣,是以十九年而刀刃若新发于硎。虽然,每至于族[23],吾见其难为,怵然[24]为戒,视为止,行为迟。动刀甚微,謋[25]然已解,如土委地[26]。提刀而立,为之四顾,为之踌躇满志,善刀[27]而藏之。"

文惠君曰:"善哉,吾闻庖丁之言,得养生[28]焉。"

注释

[1]节选自《庄子·养生主》。"庖丁解牛"比喻经过反复实践,掌握了事物客观规律,做事得心应手,运用自如。

[2]庖(páo)丁为文惠君解牛:名丁的厨工给文惠君宰牛。庖丁,名丁的厨工。先秦古书往往将职业放在人名前。文惠君,梁惠王。解牛,宰牛。

[3]砉(xū)然:象声词,形容皮骨相离声。

[4]騞(huō)然:象声词,形容比砉然更大的进刀解牛声。

[5]《桑林》:传说中商代时的乐曲名。

[6]《经首》:传说中尧时的乐曲《咸池》中的一章。

[7]嘻:赞叹声,通“啊”。

[8]盖:通“盍”,怎样。

[9]进:超过。

[10]官知止而神欲行:视觉的作用停止了,而精神活动还在运行。官知,视觉。神欲,精神活动。

[11]天理:牛体的自然肌理结构。

[12]批大郤(xì):击入大的空隙。批,击、劈开。郤,空隙。

[13]导大窾(kuǎn):顺着骨节空处进刀。导,顺着、循着。窾,骨节空处。

[14]固然:牛体本来结构。

[15]技经肯綮(qìng)之未尝:即“未尝技经肯綮”的宾语前置。技经,犹言经络。技,支脉。经,经脉。肯,紧附在骨上的肉。綮,筋肉聚结处。

[16]軱(gū):股部的大骨。

[17]割:生割硬砍。

[18]族:众,指一般的。

[19]折:用刀折骨。

[20]硎:磨刀石。

[21]节:关节。

[22]恢恢乎:宽绰的样子。

[23]族:筋骨交错聚结处。

[24]怵(chù)然:警惧的样子。

[25]謋(huò):骨肉分离的声音。

[26]委地:散落在地上。

[27]善刀:擦拭刀。善,通“缮”。

[28]养生:养生之道。

作家作品

庄子(约公元前 369—约前 286 年),名周,战国时期宋国蒙(今河南商丘东北)人,著名的思想家、文学家。庄子主张"天人合一"和"清静无为",与老子并称为"老庄"。他们的哲学思想体系,被学术界尊为"老庄哲学"。

《庄子》现存 33 篇,分为内篇、外篇和杂篇。内篇 7 篇一般认为是庄子所作,外篇 15 篇和杂篇 11 篇,一般认为是其门人和后学者的作品。庄子常能把一些微妙难言的哲理,说得引人入胜,所以郭沫若曾有"以思想家而兼文章家的人,在中国古代哲人中,实在是绝无仅有"的评语。而庄子的作品也被人称为"文学的哲学,哲学的文学"。

《逍遥游》无论从思想上,还是从文风上来说,都极具浪漫主义精神。庄子并不否认矛盾,只是强调主观上对矛盾的摆脱。庄子用"无为"来解释这一术语,与老子不同,这里"无为"是指心灵不被外物所拖累的自由自在,是一种无拘无束的状态。这种状态,也被称为"无待",意为没有依赖,指人的思想、行为不受某些条件限制。人们抛弃了功名利禄,"乘天地之正,而御六气之辩,以游无穷"。这句话被认为是《逍遥游》一篇的主旨,同时也是《庄子》一书的主旨。这是一种心与"道"合一的境界。

推荐书目

1. 马叙伦. 庄子义证:庄子天下篇述义[M]. 上海:上海书店出版社,1996.
2. 陈鼓应. 庄子浅说[M]. 北京:生活·读书·新知三联书店,1998.
3. 林非. 中国散文大辞典[M]. 郑州:中州古籍出版社,1997.

研讨与练习

1.《老子》《庄子》的选篇中有哪些突破常规的认识,能给我们带来哪些启发?

2. 拓展阅读《老子》和《庄子》的其他篇目,比较二者说理方式的差异,品味《庄子》论说文独特的艺术风格。

第三课

《荀子》《墨子》选读

劝学[1]

《荀子》

君子[2]曰：学不可以已[3]。青，取之于蓝，而青于蓝；冰，水为之，而寒于水。木直中[4]绳，輮[5]以为轮，其曲中规[6]；虽有槁暴[7]，不复挺[8]者，輮使之然也。故木受绳[9]则直，金就砺则利[10]，君子博学而日参省乎己[11]，则知[12]明而行无过矣。

…………

吾尝终日而思矣，不如须臾之所学也；吾尝跂[13]而望矣，不如登高之博见也。登高而招，臂非加长也，而见者远。顺风而呼，声非加疾也，而闻者彰[14]。假舆[15]马者，非利足[16]也，而致[17]千里；假舟楫[18]者，非能水[19]也，而绝[20]江河。君子生[21]非异也，善假于物也。

…………

积土成山，风雨兴焉；积水成渊，蛟龙生焉；积善成德，而神明自得，圣心备焉[22]。故不积跬步[23]，无以至千里；不积小流，无以成江海。骐骥一跃，不能十步；驽马十驾[24]，功在不舍。锲而舍之，朽木不折；锲而不舍，金石可镂。螾无爪牙之利，筋骨之强，上食埃土，下饮黄泉，用心一也。蟹六跪[25]而二螯，非蛇鳝之穴无可寄托者，用心躁[26]也。

注释

[1]节选自《荀子·劝学》。

[2]君子：古代指有学问、有修养的人。

[3]已：停止。

[4]中(zhòng)：合乎、符合。

[5]輮(róu)：木材加工的一种方法，即用火熏烤，使木材弯曲变形。

[6]规：圆规。

[7]虽有槁暴(pù)：即使又晒干了。槁，枯。暴，同"曝"，晒干。

[8]挺：直。

[9]受绳：用墨绳量过。

[10]金就砺则利：金，金属制的刀类。砺，磨刀石。利，锋利。

[11]君子博学而日参(cān)省(xǐng)乎己：君子广博地学习并且每天反省自己。参省，检验、反省；一说同"叁"，多次。乎，于。

[12]知：同"智"。

[13]跂(qì)：踮起脚尖。

[14]彰：清楚。

[15]假舆：假，凭借。舆，车。

[16]利足：脚走得快。

[17]致：到达。

[18]楫(jí)：船桨。

[19]能水：会游泳。

[20]绝：横渡。

[21]生：同"性"，天资。

[22]积善成德，而神明自得，圣心备焉：积累善行养成高尚的道德，精神得到提升，圣人的心境由此具备。

[23]跬(kuǐ)步：古人以跨出一脚为跬，再跨出一脚为步。

[24]驾：马拉着车一天所走的路程为一驾。

[25]跪：腿脚。

[26]躁：浮躁。

作家作品

荀子(约公元前313—前238年)，名况，字卿，战国末期赵国人，著名思想家、哲学家、教育家，儒家学派代表人物之一，时人尊称“荀卿”。荀子曾三次出任齐国稷下学宫的祭酒。后失官家居，著书立说，死后葬于兰陵。韩非、李斯都是他的学生。荀子对儒家思想有所发展，提倡性恶论。性恶论常与孟子的性善论比较。荀子在吸收法家学说的同时发展了儒家思想。他尊王道，崇礼义，又讲法治；在“法先王”的同时，又主张“法后王”。孟子创性善论，强调养性；荀子主性恶论，强调后天的学习。这些都说明荀子的思想与嫡传的儒学有所不同。荀子还提出了人定胜天，反对宿命论。

《荀子》一书今存32篇，除少数篇章外，学者认为大部分是他自己所写。他的文章擅长说理，组织严密，分析透辟，善于取譬，常用排比句增强议论的气势，有很强的说服力和感染力。

《劝学》篇是荀子的代表作之一。本书节选篇章的第一段着重论述学习的重要意义，它能使人“知明而行无过”，即提高思想认识和加强品德修养。第二段写学习能使人增长才干，有了知识才能“善假于物”，比一般不学无术的人来得高明。第三段写正确的学习态度和方法应当是循序渐进，不断积累，持之以恒，才能取得成效。全文围绕“学不可以已”的论题展开论述，大量运用比喻和排比句式，正反比照说理，逻辑严密，语言精警，体现了荀子说理雄辩的特色。

推荐书目

1. 荀子[M]. 孙安邦,马银华,译注. 太原:山西古籍出版社,2003.

2. 林非. 中国散文大辞典[M]. 郑州:中州古籍出版社,1997.

兼爱[1]

《墨子》

圣人以治天下为事[2]者也,必知乱之所自起,焉[3]能治之;不知乱之所自起,则不能治。譬之如医之攻[4]人之疾者然,必知疾之所自起,焉能攻之;不知疾之所自起,则弗能攻。治乱者何独不然?必知乱之所自起,焉能治之;不知乱之所自起,则弗能治。

圣人以治天下为事者也,不可不察乱之所自起。当[5]察乱何自起?起不相爱。臣子之不孝君父,所谓乱也。子自爱,不爱父,故亏[6]父而自利;弟自爱,不爱兄,故亏兄而自利;臣自爱,不爱君,故亏君而自利。此所谓乱也。虽[7]父之不慈[8]子,兄之不慈弟,君之不慈臣,此亦天下之所谓乱也。父自爱也,不爱子,故亏子而自利;兄自爱也,不爱弟,故亏弟而自利;君自爱也,不爱臣,故亏臣而自利。是何也?皆起不相爱。虽至天下之为盗贼[9]者,亦然。盗爱其室[10],不爱异室,故窃异室以利其室;贼爱其身,不爱人身,故贼人身以利其身。此何也?皆起不相爱。虽至大夫之相乱家[11]、诸侯之相攻国者,亦然。大夫各爱其家,不爱异家,故乱异家以利其家;诸侯各爱其国,不爱异国,故攻异国以利其国。天下之乱物[12],具此[13]而已矣。察此何自起?皆起不相爱。

若使天下兼相爱,爱人若爱其身,犹有不孝者乎?视父兄与君若其身,恶施[14]不孝?犹有不慈者乎?视弟子与臣若其身,恶施不慈?故不孝不慈亡[15]有。犹有盗贼乎?视人之室若其室,谁窃?视人身若其身,谁贼?故盗贼亡有。犹有大夫之相乱家、诸侯之相攻国者乎?视人家若其家,谁乱?视人国若其国,谁攻?故大夫之相乱家、诸侯之相攻国者亡有。若使天下兼相爱，国与国不相攻，家与家不相乱，盗贼无有，君臣父子皆能孝慈，若此则天下治。

故圣人以治天下为事者，恶得不禁恶而劝[16]爱？故天下兼相爱则治，交相[17]恶则乱。故子墨子[18]曰："不可以不劝爱人"者，此也。

注释

[1]节选自《墨子·兼爱》。《兼爱》有上、中、下三篇，这里选的是上篇。

[2]以治天下为事：把治理天下作为(自己的)事务。

[3]焉：于是。

[4]攻：治疗。

[5]当：同"尝"，尝试。

[6]亏：使受损失。

[7]虽：即使。

[8]慈：慈爱。

[9]盗贼：偷窃和劫夺财物的人。

[10]室：家。

[11]家：卿大大的封地。

[12]乱物：纷乱之事。

[13]具此：全都在这里。具，完备、齐全。

[14]恶(wū)施：怎么实行。恶，相当于"何""怎么"。

[15]亡：同"无"。

[16]劝：鼓励。

[17]交相：互相。

[18]子墨子：墨子的弟子对墨子的尊称。

作家作品

墨子(约公元前468—前376年),名翟(dí),战国时期著名的思想家、教育家、军事家,墨家学派的创始人。他曾提出“兼爱”“非攻”等观点,并有《墨子》一书传世。墨学在当时影响很大,与儒学并称“显学”。

《墨子》现存53篇,由墨子和各代门徒逐渐增补而成,是研究墨子和墨家学说的基本材料。《墨子》分以下部分。其中,《兼爱》《非攻》《天志》《明鬼》《尚贤》《尚同》《非乐》《非命》《节葬》《节用》等篇,代表了墨子的主要思想。《耕柱》以下至《公输》各篇,记述墨子和他的弟子的言行。《经》上、下,《经说》上、下及《大取》《小取》等六篇,是后期墨家的哲学和科学著作。《备城门》以下十一篇,将战争防御和制造机械的方法,一般认为较晚出现。

本文所说兼爱,其本质是要求人们爱人如己,彼此之间不要存在血缘与等级差别的观念。墨子认为,不相爱是当时社会混乱最大的原因,只有通过“兼相爱,交相利”才能达到社会安定的状态。这种理论具有反抗贵族等级观念的进步意义,但同时也带有强烈的理想色彩。

推荐书目

1. 杨俊光. 墨经研究[M]. 南京:南京大学出版社,2002.

2. 谭戒甫. 墨辩发微[M]. 北京:中华书局,1996.

3. 林非. 中国散文大辞典[M]. 郑州:中州古籍出版社,1997.

4. 任继愈. 墨子与墨家[M]. 北京:商务印书馆,1998.

研讨与练习

1.《劝学》是古代论说文,作者用比喻、对比等论证方法进行阐述有什么好处?

背诵《劝学》全文。

2.墨子“兼爱”的内容具体指什么？讨论并比较墨家的“兼爱”和儒家的“爱人”有何区别。

3.上网查询在逻辑史上被称为后期墨家逻辑或墨辩逻辑(古代世界三大逻辑体系之一,另两个为古希腊的逻辑体系和佛教中的因明学逻辑体系)的有关知识。特别关注其中包含的许多自然科学的内容,如几何学、天文学和静力学等。

第四课

秦汉政论文选读

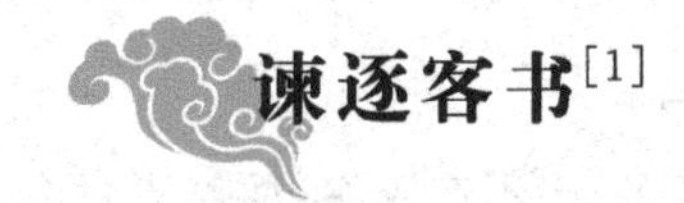

谏逐客书[1]

李斯

臣闻吏议逐客，窃以为过矣。昔缪公[2]求士，西取由余于戎[3]，东得百里奚于宛[4]，迎蹇叔于宋[5]，来丕豹、公孙支于晋[6]。此五子者，不产于秦，而缪公用之，并[7]国二十，遂霸西戎。孝公用商鞅之法[8]，移风易俗，民以殷盛[9]，国以富强，百姓乐用[10]，诸侯亲服，获楚、魏之师[11]，举[12]地千里，至今治强[13]。惠王用张仪之计[14]，拔三川之地[15]，西并巴、蜀[16]，北收上郡[17]，南取汉中[18]，包九夷[19]，制鄢、郢[20]，东据成皋之险[21]，割膏腴之壤，遂散六国之从[22]，使之西面事秦，功施[23]到今。昭王得范雎，废穰侯，逐华阳[24]，强公室[25]，杜私门[26]，蚕食诸侯，使秦成帝业。此四君者，皆以客之功。由此观之，客何负于秦哉！向使[27]四君却客而不内，疏士而不用，是使国无富利之实而秦无强大之名也。

今陛下致昆山[28]之玉，有随和之宝[29]，垂明月[30]之珠，服太阿之剑[31]，乘纤离[32]之马，建翠凤之旗[33]，树灵鼍[34]之鼓。此数宝者，秦不生一焉，而陛下说之，何也？必秦国之所生然后可，则是夜光之璧不饰朝廷，犀象之器[35]不为玩好[36]，郑、卫之女不充后宫，而骏良駃騠[37]不实外厩，江南金锡不为用，西蜀丹青[38]不为采。所以饰后宫、充下陈[39]、娱心意、说耳目者，必出于秦然后可，则是宛珠[40]之簪、傅玑之珥[41]、阿缟[42]之衣、锦绣之饰不进于前，而随俗雅化[43]，佳冶[44]窈窕，赵女不立于侧也。夫击瓮叩缶[45]，弹筝搏髀[46]，而歌呼呜呜快耳者，真秦之声也；《郑》《卫》《桑间》[47]，《昭》《虞》《武》《象》[48]者，异国之乐也。今弃击瓮叩缶而就《郑》《卫》，退弹筝而取《昭》《虞》，若是者何也？快意当前，适观[49]而已矣。今取人则不然，不问可否，不论曲直，非秦者去，为客者逐。然则是所重者在乎色乐珠玉，而所轻者在乎人民[50]也。此非所以跨海内、制诸侯之术也。

臣闻地广者粟多，国大者人众，兵强则士勇。是以太山不让土壤，故能成其大；河海不择[51]细流，故能就[52]其深；王者不却[53]众庶，故能明其德。是以地无四方，民无异国，四时充[54]美，鬼神降福，此五帝三王[55]之所以无敌也。今乃弃黔首[56]以资[57]敌国，却宾客以业[58]诸侯，使天下之士退而不敢西向，裹足不入秦，此所谓"藉寇兵而赍盗粮[59]"者也。

夫物不产于秦，可宝者多；士不产于秦，而愿忠者众。今逐客以资敌国，损民以益仇，内自虚而外树怨于诸侯，求国无危，不可得也。

注释

[1]选自《史记·李斯列传》。公元前237年，秦王嬴政接受宗室大臣建议，下令驱逐在秦的六国客卿。李斯身在被逐之列，于是作此书劝谏，为秦王所采纳。

[2]缪(mù)公：秦穆公。缪，通"穆"。

[3]西取由余于戎：西面从西戎得到了由余。由余，原为戎王的臣子，后入秦，为秦穆公重用，帮助秦国攻灭西戎众多小国，称霸西戎。戎，古代对西部各少数民族的称呼。

[4]东得百里奚于宛(yuān)：东面从宛地得到了百里奚。百里奚，原为虞大夫，虞亡时为晋所俘，作为晋献公女陪嫁之奴入秦。后逃亡到楚国宛(今河南南阳)地，为楚人所俘，秦穆公知道他有才能，以五张公羊皮将他赎回，授以国政，号"五羖(gǔ)大夫"。

[5]迎蹇叔于宋:从宋国迎来了蹇叔。蹇叔,百里奚的朋友,有才能。因百里奚荐举,秦穆公请他入秦,委任为上大夫。

[6]来丕豹、公孙支于晋:从晋国得来了丕豹、公孙支。丕豹,晋国大夫丕郑之子,丕郑被晋惠公杀死后,丕豹投奔秦国,被秦穆公委任为大夫。公孙支,秦大夫。来,招致、招揽。

[7]并:兼并、吞并。

[8]孝公用商鞅之法:孝公采用商鞅的法令。孝公,即秦孝公,战国时秦国国君。他任用商鞅实行变法,使秦国日益富强,奠定了日后统一天下的基础。商鞅,公孙氏,名鞅,卫国人,战国时政治家。因功封于商(今陕西商洛东南),号商君,故称商鞅。

[9]殷盛:殷实、富裕。

[10]乐用:乐于为用。

[11]获楚、魏之师:战胜楚国、魏国的军队。公元前340年,商鞅率军大败魏军,俘获魏公子卬(áng),逼迫魏割河西之地与秦。同年又南侵楚,战况不详,据此,当也是秦军获胜。

[12]举:攻克、占领。

[13]治强:安定强盛。治,社会安定。

[14]惠王用张仪之计:惠王采用张仪的计策。惠王,即秦惠王,战国时秦国国君,孝公之子,初号惠文君,后称惠王。他任用张仪为相,采取连横策略,屡败魏、韩、赵、楚等国,降服巴、蜀,取得许多土地,使秦国更为强盛。张仪,战国时魏国人,纵横家。

[15]拔三川之地:攻取三川之地。拔,攻取。三川之地,指黄河、洛水、伊水相交之地。秦惠王时,张仪请求出兵三川,未能实现。至秦武王时攻取。

[16]巴、蜀:巴,指巴国,在今四川东部和重庆一带;蜀,指蜀国,在今四川中部偏西一带。公元前316年,秦惠王派张仪、司马错等率军攻灭巴、蜀,在其地分别设置巴郡、蜀郡。

[17]上郡:原为魏郡,在今陕西北部,公元前328年被魏割让给秦。

[18]汉中:公元前312年被秦攻取。

[19]包九夷:吞并九夷之地。包,吞并。九夷,这里指当时楚国境内各少数民族所居之地。

[20]制鄢、郢(yǐng):控制楚国鄢、郢之地。鄢,楚国别都,在今湖北宜城东南。郢,楚国都城,在今湖北江陵市附近。公元前279年,秦将白起攻取鄢,翌年又攻取郢。

[21]东据成皋之险:在东面占有成皋这样的要隘。成皋,原为韩邑,在今河南荥阳,地势险要,公元前249年被秦攻取。

[22]散六国之从:拆散六国结成的合纵。当时韩、燕、赵、齐、魏、楚六国联盟抗秦,称为合纵。从,同"纵"。

[23]施(yì):延续。

[24]昭王得范雎,废穰侯,逐华阳:昭王得到范雎,废掉穰侯,放逐华阳君。昭王即秦昭襄王,战国时秦国国君。范雎,战国时魏国人,先被昭王拜为客卿,指出昭王母宣太后擅权,权贵用事,将危及昭王的统治。昭王遂下令废宣太后,将穰侯、华阳君等贵戚放逐到关外,并拜范雎为相,封于应(今河南宝丰县西南),称应侯。穰侯,即魏冉,宣太后异父同母弟,曾多次任秦相,封于穰(今河南邓州)。华阳,即华阳君芈(mǐ)戎,宣太后同父异母弟,曾任将军等职,与魏冉同掌国政,受封于华阳(今河南新郑北)。

[25]公室:王室。

[26]杜私门:抑制豪门贵族的势力。杜,堵塞、封闭。私门,对公室而言,指权贵大臣之家。

[27]向使:假使。

[28]昆山:昆仑山,古代以出产美玉而闻名。

[29]随和之宝:随侯珠与和氏璧,传说中春秋时随侯得到的宝珠和楚人卞和所获的美玉。

[30]明月:宝珠名。

[31]服太阿之剑:佩带太阿剑。服,佩带。太阿,名剑,相传为春秋时著名工匠欧冶子、干将所铸。

[32]纤离:骏马名。

[33]建翠凤之旗:竖起以翠羽装饰的凤形旗帜。建,树立。

[34]灵鼍(tuó):扬子鳄,古人认为有灵性,皮可蒙鼓。

[35]犀象之器:用犀牛角和象牙制成的器具。

[36]玩好:供玩赏的宝物。

[37]駃(jué)騠(tí):骏马名。

[38]西蜀丹青:蜀地出产的丹青颜料。丹,丹砂,可以制成红色颜料。青,靛青,可以制成青黑色颜料。

[39]下陈:古代殿堂下放置礼器、站列婢妾的地方。

[40]宛珠:宛地出产的珍珠。

[41]傅玑之珥:镶嵌着珠子的耳饰。傅,附着、加上。玑,不圆的珠子,这里泛指珠子。

[42]阿(ē)缟:古代齐国东阿所产的细绢。

[43]随俗雅化:娴雅而能随俗。

[44]佳冶:娇美妖冶。

[45]击瓮叩缶:敲击瓮、缶来奏乐。这是秦国的风俗。瓮,用来打水的陶器。缶,一种口小腹大的陶器。

[46]搏髀(bì):唱歌时拍打大腿以应和节拍。搏,击打、拍打。髀,大腿。

[47]《郑》《卫》《桑间》:郑国、卫国一带的乐曲。桑间,原是卫国濮水边的地名,在今河南濮阳南。相传卫国青年男女常在濮水上欢会歌唱。

[48]《昭》《虞》《武》《象》:都是传说中的古乐名,这里泛指古乐。《昭》,传说中歌颂舜的乐曲。

[49]适观:适于观听。

[50]人民:和下文的"众庶",都是百姓的意思。

[51]择:同"释",舍弃。

[52]就:成就。

[53]却:推却、拒绝。

[54]充:丰裕、繁盛。

[55]五帝三王:五帝,《史记·五帝本纪》指黄帝、颛顼、帝喾(kù)、唐尧、虞舜。三王,指夏、商、周三代开国君主,即夏禹、商汤和周武王。

[56]黔首:平民、老百姓。黔,黑。平民百姓以黑巾覆头,故称"黔首"。

[57]资:资助、供给。

[58]业:使成就霸业。

[59]藉寇兵而赍(jī)盗粮:给敌人提供武器和粮食。藉,同"借"。赍,送给。

作家作品

李斯(？—公元前208年)，战国末楚国上蔡(今河南上蔡西)人，秦代著名政治家、文学家和书法家。

李斯少为郡吏，曾拜荀子为师。战国末年入秦国，初为秦相吕不韦舍人，被任命为郎，旋任长史，拜客卿，后任廷尉，官至丞相。秦王嬴政于公元前237年下逐客令时，上书力谏客不可逐，为秦王所采纳。李斯又为秦并六国谋划，建议先攻取韩国，再逐一消灭各诸侯国，完成统一大业。秦始皇于公元前221年统一全国后，李斯主张禁私学、废《诗》《书》、六国史记及“百家语”；又以小篆为标准，整理文字。

秦始皇死后，与赵高矫诏逼迫扶苏自杀，立胡亥为帝。秦末农民起义爆发后，劝二世行“督责之术”，加强君权。后被赵高诬为谋反，具五刑，腰斩于咸阳市，夷三族。

李斯的散文，继承先秦诸子散文，后启西汉政论文，有承上启下之功。《谏逐客书》为谏秦王取消逐客令而写，针对秦宗室大臣的错误论调进行驳斥，是一篇驳论性质的政论散文。文章风格上承先秦散文，论述上有荀子散文周密严谨的风格，铺叙舒张上又有纵横家的气势，对于汉初晁错、贾谊等人的政论散文影响颇大。

“秦之文章，李斯一人而已。”

——鲁迅《汉文学史纲要》

过秦论[1]

贾谊

秦孝公[2]据崤函[3]之固，拥雍州[4]之地，君臣固守以窥周室，有席卷天下，包举宇内，囊括四海之意，并吞八荒之心[5]。当是时也，商君佐之，内立法度，务耕织，修守战之具，外连衡[6]而斗诸侯。于是秦人拱手[7]而取西河[8]之外。

孝公既没，惠文、武、昭襄[9]蒙故业，因遗策[10]，南取汉中，西举巴、蜀，东割膏腴之地，北收要害之郡[11]。诸侯恐惧，会盟而谋弱[12]秦，不爱[13]珍器重宝肥饶之地，以致[14]天下之士，合从缔交，相与为一[15]。当此之时，齐有孟尝，赵有平原，楚有春申，魏有信陵[16]。此四君者，皆明智而忠信，宽厚而爱人，尊贤而重士，约从离衡[17]，兼韩、魏、燕、楚、齐、赵、宋、卫、中山之众。于是六国之士，有甯越、徐尚、苏秦、杜赫之属为之谋[18]，齐明、周最、陈轸、召滑、楼缓、翟景、苏厉、乐毅之徒通其意[19]，吴起、孙膑、带佗、倪良、王廖、田忌、廉颇、赵奢之伦制其兵[20]。尝以十倍之地，百万之众，叩关[21]而攻秦。秦人开关延敌[22]，九国[23]之师，逡巡[24]而不敢进。秦无亡矢遗镞[25]之费，而天下诸侯已困矣。于是从散约败，争割地而赂秦。秦有余力而制其弊[26]，追亡逐北[27]，伏尸百万，流血漂橹[28]；因利乘便，宰割天下，分裂山河。强国请服，弱国入朝。延及孝文王、庄襄王[29]，享国之日浅，国家无事。

及至始皇，奋六世之余烈[30]，振长策而御宇内[31]，吞二周[32]而亡诸侯，履至尊而制六合[33]，执敲扑而鞭笞天下[34]，威振四海。南取百越[35]之地，以为桂林、象郡[36]；百越之君，俯首系颈[37]，委命下吏[38]。乃使蒙恬[39]北筑长城而守藩篱[40]，却[41]匈奴七百余里；胡人不敢南下而牧马，士不敢弯弓而报怨。于是废先王之道，焚百家之言[42]，以愚黔首[43]；隳[44]名城，杀豪杰；收天下之兵，聚之咸阳，销锋镝[45]，铸以为金人十二，以弱天下之民。然后践华为城，因河为池[46]，据亿丈之城[47]，临不测之渊[48]，以为固。良将劲弩守要害之处，信臣[49]精卒陈利兵而谁何[50]。天下已定，始皇之心，自以为关中之固，金城[51]千里，子孙帝王万世之业也。

始皇既没，余威震于殊俗[52]。然陈涉瓮牖绳枢[53]之子，氓隶[54]之人，而迁徙之徒[55]也；才能不及中人[56]，非有仲尼、墨翟之贤，陶朱、猗顿[57]之富；蹑足[58]行伍之间，而倔起[59]阡陌之中，率疲弊之卒，将数百之众，转而攻秦；斩木为兵，揭[60]竿为旗，天下云集响应，赢粮而景从[61]。山东[62]豪俊遂并起而亡秦族矣。

且夫天下非小弱也，雍州之地，崤函之固，自若[63]也。陈涉之位，非尊于齐、楚、燕、赵、韩、魏、宋、卫、中山之君也；锄櫌棘矜[64]，非铦于钩戟长铩也；谪戍[65]之众，非抗[66]于九国之师也；深谋远虑，行军用兵之道，非及乡时[67]之士也。然而成败异变，功业相反，何也？试使山东之国与陈涉度长絜大[68]，比权量力，则不可同年而语矣。然秦以区区之地，致万乘[69]之势，序八州而朝同列[70]，百有余年矣；然后以六合为家，崤函为宫；一夫作难[71]而七庙隳[72]，身死人手[73]，为天下笑者，何也？仁义不施而攻守之势异也[74]。

注释

[1]选自《新书》。个别字句依《史记》和萧统《文选》有改动。《过秦论》有上中下三篇，这里选的是上篇。过秦，意思是指斥秦的过失。

[2]秦孝公：秦国的国君。他任用商鞅变法，富国强兵。下文的商君就是商鞅。

[3]崤(xiáo)函：崤山和函谷关。崤山，在函谷关的东边。函谷关，在今河南灵宝。

[4]雍州：今陕西中部和北部、甘肃除去东南部的大部分地区、青海东南部和宁夏一带。

[5]有席卷天下，包举宇内，囊括四海之意，并吞八荒之心：(秦孝公)有统一天下的野心。席卷、包举、囊括，都有"并吞"的意思。宇内、四海、八荒，都是"天下"的意思。八荒，原指八方最边远的地方。

[6]连衡：秦国采用的一种离间六国的策略，使它们各自同秦国联合，从而各个击破。也作"连横"。

[7]拱手：两手合抱，形容毫不费力。

[8]西河：战国时魏地。

[9]惠文、武、昭襄：惠文王、武王、昭襄王。惠文王是孝公的儿子，武王是惠文王的儿子，昭襄王是武王的异母弟。

[10]蒙故业，因遗策：继承已有的基业，沿袭前代的政策。蒙，继承。

[11]要害之郡：政治、经济、军事上都非常重要的地区。

[12]弱：削弱。

[13]爱：吝惜。

[14]致：招致、招引。

[15]合从缔交，相与为一：采用合纵的策略缔结盟约，互相援助，成为一体。

[16]齐有孟尝，赵有平原，楚有春申，魏有信陵：孟尝君，田文，齐国贵族；平原

君,赵胜,赵国贵族;春申君,黄歇,楚国贵族;信陵君,魏无忌,魏国贵族。他们是战国时有名的“四公子”,皆以招揽宾客著称。

[17]约从离衡:相约为合纵,击破秦国的连横策略。约,结。离,离散。

[18]甯(nìng)越、徐尚、苏秦、杜赫之属为之谋:甯越、徐尚这些人为他们谋划。属,与下文的“徒”“伦”都是“类”“辈”的意思,指某一类人。

[19]齐明、周最、陈轸(zhěn)、召(shào)滑、楼缓、翟景、苏厉、乐毅之徒通其意:齐明、周最这些人沟通他们的意图。

[20]吴起、孙膑、带佗、倪良、王廖(liáo)、田忌、廉颇、赵奢之伦制其兵:吴起、孙膑这些人统率他们的军队。制,统领、统率。

[21]叩关:攻打函谷关。叩,攻打。

[22]延敌:迎击敌人。

[23]九国:就是上文的韩、魏、燕、楚、齐、赵、宋、卫、中山等国。

[24]逡巡:有所顾忌而徘徊不敢前进。

[25]镞:箭头。

[26]制其弊:利用他们的弱点制服他们。弊,弱点。

[27]追亡逐北:追逐败逃的军队。北,败逃,这里指败逃的军队。

[28]橹:大盾牌。

[29]孝文王、庄襄王:孝文王,昭襄王的儿子,在位三天死去。庄襄王,孝文王的儿子,在位三年。

[30]奋六世之余烈:奋力发展六世遗留下来的功业。奋,振兴。六世,指孝公、惠文王、武王、昭襄王、孝文王、庄襄王。

[31]振长策而御宇内:意思是用武力来统一各国。振,举起。策,马鞭子。御,驾驭、统治。

[32]二周:在东周王朝最后在位的周赧王时,东西周分治。西周都于河南东部旧王城,东周则都巩,史称“东西二周”。二周灭于秦始皇继位前,作者只是为了行文方便,才这样写的。

[33]履至尊而制六合:登上皇帝的宝座控制天下。至尊,至高无上的地位,指帝位。六合,天地四方。

[34]执敲扑而鞭笞天下：用严酷的刑罚来奴役天下的百姓。敲扑，行刑用的棍杖，短的叫“敲”，长的叫“扑”。

[35]百越：古代越族居住在桂、浙、闽、粤等地，每个部落都有名称，统称“百越”，也叫“百粤”。

[36]以为桂林、象郡：设置了桂林郡、象郡(在今广西一带)。

[37]俯首系颈：意思是愿意降服。系颈，颈上系绳，表示投降。

[38]委命下吏：(百越之君)把自己的性命交给狱官。下吏，下级官吏，这里指狱官。

[39]蒙恬：秦将领。秦始皇时领兵三十万北逐匈奴，修筑长城。

[40]藩篱：比喻边疆上的屏障。藩，篱笆。

[41]却：使退却。

[42]百家之言：各学派的著作。

[43]黔首：秦朝对百姓的称呼。黔，黑色。秦朝百姓用黑色头巾包头，故称“黔首”。

[44]隳(huī)：毁坏。

[45]销锋镝：销毁兵器。锋，兵刃。镝，箭头。

[46]践华为城，因河为池：意思是，据守华山作为帝都城墙，凭借黄河作为帝都的护城河。践，踏。

[47]亿丈之城：华山。

[48]不测之渊：黄河。

[49]信臣：可靠的大臣。

[50]谁何：盘诘查问。

[51]金城：坚固的城池。金，比喻坚固。

[52]殊俗：不同的风俗，指边远的地方。

[53]瓮牖绳枢：用瓮做窗户，用草绳系门扇，形容家里穷。牖，窗户。枢，门扇开关的轴。

[54]氓(méng)隶：下层百姓。氓，民。隶，低贱的人。

[55]迁徙之徒：被征发的人，指陈涉被征发戍守渔阳。

[56]中人：平常的人。

[57]陶朱、猗(yī)顿：陶朱，就是春秋时期越国的范蠡。他帮助越王勾践灭吴后，离开越国到陶(今山东定陶西北)，自称“陶朱公”。他因善于做生意而致富，所以后人常以“陶朱”为富人的代称。猗顿，春秋时鲁国人。他向陶朱公学致富之术，大畜牛羊于猗氏(今山西临猗)南部，积累了很多财富。

[58]蹑足：置身、参与。

[59]倔起：兴起。

[60]揭：举。

[61]嬴粮而景从：(许多人)担着粮食如影随形地跟着陈涉。嬴，担负。景，同“影”。

[62]山东：崤山以东，代指东方诸国。

[63]自若：意思是像原来的样子。

[64]锄耰(yōu)棘矜(qín)，非铦(xiān)于钩戟长铩(shā)也：农具木棍不如钩戟长矛锋利。耰，碎土平田用的农具。棘矜，用酸枣木做的棍子。棘，酸枣木。这里的意思是农民军的武器，只有农具和木棍。铦，锋利。钩戟，带钩的戟。长铩，长矛。

[65]谪戍：因有罪而被征调去守边。

[66]抗：匹敌、相当。

[67]乡时：先前。乡，同“向”。

[68]度(duó)长絜(xié)大：量量长短，比比大小。絜，衡量。

[69]万乘：兵车万辆。表示军事力量强大。

[70]序八州而朝同列：统理八州，使六国诸侯都来朝见。序，安置使有序。八州，兖州、冀州、青州、徐州、豫州、荆州、扬州、梁州。古时天下分九州，秦居雍州，六国分居其他八州。同列，指六国诸侯。秦与六国本来是同列诸侯。

[71]一夫作难(nàn)：指陈涉起义。作难，起事。

[72]七庙隳：宗庙毁灭，就是国家灭亡的意思。七庙，古代天子的宗庙。

[73]身死人手：指秦王子婴为项羽所杀。

[74]攻守之势异也：攻和守的形势不同了。攻，指秦兼并六国时处于攻势。守，指秦统一天下后处于守势。

作家作品

贾谊(公元前200—前168年),洛阳(今河南洛阳东)人,西汉初年著名政论家、文学家,世称贾生。贾谊少有才名,18岁时,以善文为郡人所称。文帝时任博士,迁太中大夫,受大臣周勃、灌婴排挤,谪为长沙王太傅,故后世亦称贾长沙、贾太傅。贾谊因贬离京,长途跋涉,途经湘江时,写下《吊屈原赋》凭吊屈原,并发抒自己的怨愤之情。贾谊做长沙王太傅的第三年,有一只鵩鸟(猫头鹰)飞入房间,停在座位的旁边。猫头鹰旧时被视为不吉祥之鸟。贾谊因被贬居长沙,长沙低洼潮湿,常自哀伤,以为寿命不长,如今鵩鸟进宅,更使他伤感不已,于是作《鵩鸟赋》抒发忧愤不平的情绪,并以老庄的齐生死、等祸福的思想求得自我解脱。

三年后,贾谊被召回长安,为梁怀王太傅。梁怀王坠马而死,贾谊深自歉疚,抑郁而亡。司马迁对屈原、贾谊都寄予同情,为二人写了一篇合传。

贾谊著作主要有散文和辞赋两类,深受庄子与列子的影响。散文的主要成就是政论文。他的政论文风格朴实峻拔,议论酣畅,鲁迅称之为"西汉鸿文",代表作有《过秦论》《论积贮疏》《陈政事疏》等。其辞赋皆为骚体,形式趋于散体化,是汉赋发展的先声,以《吊屈原赋》《鵩鸟赋》最为著名。

"余读《离骚》《天问》《招魂》《哀郢》,悲其志。适长沙,观屈原所自沉渊,未尝不垂涕,想见其为人。及见贾生吊之,又怪屈原以彼其材,游诸侯,何国不容,而自令若是!读《鵩鸟赋》,同死生,轻去就,又爽然自失矣。"

——司马迁

研讨与练习

1.奏疏不同于一般书信,是写给君王的。为实现劝谏的目的,须抓住君王的心理。阅读《谏逐客书》,梳理文本内容,分析李斯通过怎样的方式,成功说服秦王收回已下达的逐客令。

2.劝谏是一门艺术。通过李斯的劝谏方法你能获得哪些启迪?如果你的同学沉迷于游戏无法自拔，请用文言写一篇短文对他进行劝诫。

3. 不少文章与诗歌都谈论了秦朝灭亡的原因，比较贾谊的《过秦论》、杜牧的《阿房宫赋》、苏洵的《六国论》等文章，你认为谁的观点更合理？

4. 背诵《谏逐客书》和《过秦论》。

第五课

先秦两汉史传文选读

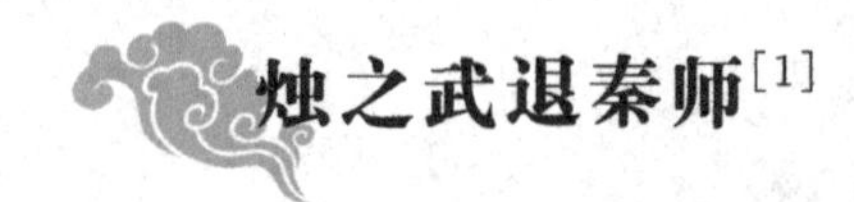

烛之武退秦师[1]

《左传》

九月甲午，晋侯、秦伯[2]围郑，以其无礼于晋[3]，且贰于楚[4]也。晋军[5]函陵[6]，秦军氾南[7]。

佚之狐言于郑伯[8]曰："国危矣，若使烛之武见秦君，师必退。"公从之。辞曰："臣之壮也，犹不如人；今老矣，无能为也已[9]。"公曰："吾不能早用子，今急而求子，是寡人之过也。然郑亡，子亦有不利焉。"许之。夜缒[10]而出。见秦伯，曰："秦、晋围郑，郑既知亡矣。若亡郑而有益于君，敢以烦执事[11]。越国[12]以鄙远[13]，君知其难也。焉用[14]亡郑以陪邻[15]？邻之厚，君之薄也。若舍[16]郑以为东道主[17]，行李[18]之往来，共[19]其乏困[20]，君亦无所害。且君尝为晋君赐[21]矣，许君焦、瑕[22]，朝济而夕设版焉[23]，君之所知也。夫晋，何厌之有？既东封郑[24]，又欲肆[25]其西封[26]，若不阙[27]秦，将焉取之？阙秦以利晋，唯君图之[28]。"秦伯说[29]，与郑人盟，使杞子、逢孙、杨孙[30]戍之，乃还。

子犯[31]请击之。公曰："不可。微[32]夫人之力不及此[33]。因[34]人之力而敝[35]之，不仁；失其所与[36]，不知[37]；以乱易整[38]，不武。吾其[39]还也。"亦去之。

注释

[1]选自《左传·僖公三十年》。此文记载了秦晋围郑时，郑国烛之武对秦伯进行游说，从而使郑国免于灭国。其语言精妙，逻辑缜密，不得不让人叹服！

[2]晋侯、秦伯：晋文公和秦穆公。

[3]无礼于晋：指晋文公重耳即位前在外流亡，过郑时，郑文公不与礼待。

[4]贰于楚：一方面从属于晋，一方面又从属于楚。贰，两属。

[5]军：屯兵。

[6]函陵：地名，在今河南新郑北。

[7]氾：水名，在今河南中牟南。

[8]郑伯：郑文公。

[9]无能为也已：不能做什么了。

[10]缒：这里指悬绳以下。

[11]执事：办事人员。此为敬辞，指秦穆公。

[12]越国：越过晋国。越，超越。

[13]鄙远：以辽远的郑国作为边邑。鄙，边邑，用作动词。

[14]焉用：为什么，哪里用得着。

[15]陪邻：增强邻国（指晋国）的力量。陪，厚、增强。

[16]舍：舍弃、放过，指不灭掉郑。

[17]东道主：东方道路上的主人。

[18]行李：使者、外交使节。

[19]共：供应。

[20]乏困：使者往来时馆舍、器用、资粮方面的不足。

[21]为晋君赐：对晋君施加过恩惠。赐，恩惠。

[22]焦、瑕:地名。

[23]朝济而夕设版焉:晋惠公刚回到晋国就不承认,并且筑城防御。济,渡河。版,筑城用的夹板。

[24]东封郑:以郑国为东面的疆界。封,疆界,作动词。

[25]肆:延伸、伸展。

[26]西封:西部的疆界。

[27]阙:损害。

[28]唯君图之:希望您考虑这件事。唯,愿。图,考虑。

[29]说:高兴。

[30]杞子、逢孙、杨孙:均为秦大夫。

[31]子犯:狐偃,晋文公的舅父。

[32]微:非,假如不是,如果不是。

[33]不及此:不能达到这样,没有今天。晋文公流亡在外,得秦穆公帮助才得以回国。

[34]因:凭借。

[35]敝:坏,这里指损害、伤害。

[36]所与:同盟者、联合的国家。

[37]知:同"智"。

[38]以乱易整:用相互攻击代替协调一致。乱,相互攻击。整,协调一致。

[39]其:句中语气词,表示商量语气,还是。

作家作品

《左传》应是完成于战国初期的作品,有学者认为它出自鲁国史官的手笔,整理者可能是左丘明。《左传》吸收了以往编年史重视时间观念的长处,但传文内容同所谓《春秋》经文并不密切配合,记载的史实也比《春秋》多13年。作者重视交代历史事件的原委,注意记录各种历史人物的政治主张、历史见解和宗教观点。《左传》特别重视对战争活动的记录,它叙述的不少战役的过程,都已成中国战史中的有名战例。《左传》还辑录了很多有关春秋以前的历史事实和传说。全书文字生动,在文学上价值也很高。总之,《左传》虽同《春秋》一样,也把一部春秋史描写成王公贵族史,但它不是汉朝人伪造的《春秋》"传",而是体裁比较完备的古代编年史,因而理所当然地被看作研究先秦历史的重要资料。

现存的《左传》通行本,是晋杜预的《春秋经传集解》,它将《春秋》拆开分别编入每年传文之前;唐孔颖达作疏,称《春秋左传正义》。清代不少学者对杜注不满,重新辑录和研究汉人解说,较著名的有李贻德的《春秋左氏传贾服注辑述》和刘文淇的《春秋左氏传旧注疏证》,但刘书未完,只到鲁襄公五年。近人章炳麟有《春秋左传读》,也是专家之学,可供参考。

——摘编自周予同主编《中国历史文选》

推荐书目

1. 王维堤.《左传》选评[M]. 上海:上海古籍出版社,2011.

2. 杨伯峻. 春秋左传注[M]. 北京:中华书局,2017.

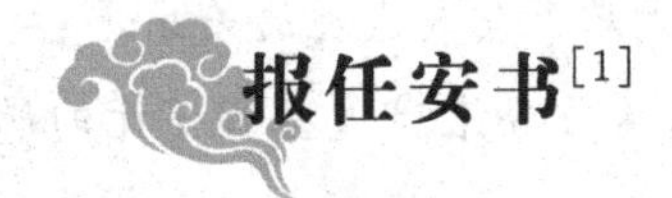

报任安书[1]

司马迁

古者富贵而名摩灭,不可胜记,唯倜傥[2]非常之人称焉。盖文王拘而演《周易》;仲尼厄而作《春秋》;屈原放逐,乃赋《离骚》;左丘失明,厥有《国语》;孙子膑脚,《兵法》修列;不韦迁蜀,世传《吕览》;韩非囚秦,《说难》《孤愤》;《诗》三百篇,大底圣贤发愤之所为作也。此人皆意有所郁结,不得通其道,故述往事、思来者。乃如左丘无目,孙子断足,终不可用,退而论书策,以舒其愤,思垂空文以自见。仆窃[3]不逊,近自托于无能之辞[4],网罗天下放失[5]旧闻,略考其行事,综其终始,稽[6]其成败兴坏之纪[7],上计轩辕[8],下至于兹,为十表,本纪十二,书八章,世家三十,列传七十,凡百三十篇。亦欲以究天人之际[9],通古今之变[10],成一家之言。草创未就[11],会[12]遭此祸,惜其不成,是以就极刑而无愠色[13]。仆诚以著此书,藏之名山，传之其人，通邑大都，则仆偿前辱之责[14]，虽万被戮，岂有悔哉！然此可为智者道，难为俗人言也！

注释

[1]《报任安书》始见于《汉书·司马迁传》，其后重要版本为南朝梁昭明太子萧统所编《文选》，至清代吴楚材、吴调侯编《古文观止》亦加收录。本段节选自《古文观止·报任安书》。

[2]倜傥：豪迈不羁。

[3]窃：谦辞，不恭敬、自不量力。

[4]无能之辞：谦辞，拙劣的文辞。

[5]放失：散失。

[6]稽：考察。

[7]纪：道理。

[8]轩辕：黄帝。

[9]究天人之际：探究天地万物与人类的关系。

[10]通古今之变：贯通古往今来世道盛衰变迁的脉络。通，通达。变，这里指历史、社会发展变化的规律。

[11]就：完成。

[12]会：适逢。

[13]愠(yùn)色：怨怒之色。愠，怒。色，神情。

[14]偿前辱之责(zhài)：抵偿了此前遭受的侮辱。偿，抵偿。责，同“债”。

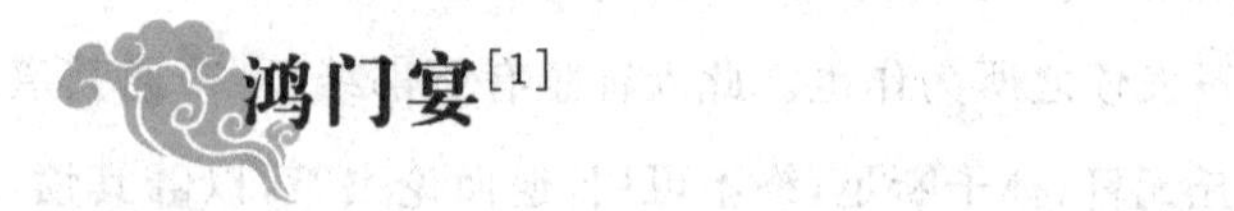

鸿门宴[1]

司马迁

沛公[2]军霸上[3]，未得与项羽相见。沛公左司马[4]曹无伤使人言于项羽曰：“沛公欲王关中，使子婴[5]为相，珍宝尽有之。”项羽大怒，曰：“旦日[6]飨士卒，为击破沛公军!”当是时,项羽兵四十万,在新丰鸿门[7];沛公兵十万,在霸上。范增说项羽曰:“沛公居山东[8]时,贪于财货,好美姬。今入关,财物无所取,妇女无所幸,此其志不在小。吾令人望其气[9],皆为龙虎,成五彩,此天子气也。急击勿失!”

楚左尹[10]项伯[11]者,项羽季父也,素善留侯张良[12]。张良是时从沛公,项伯乃夜驰之沛公军,私见张良,具告以事,欲呼张良与俱去。曰:“毋从俱死也。”张良曰:“臣为韩王送沛公[13],沛公今事有急,亡去不义,不可不语。”良乃入,具告沛公。沛公大惊,曰:“为之奈何?”张良曰:“谁为大王为此计者?”曰:“鲰生[14]说我曰:‘距关[15],毋内[16]诸侯,秦地可尽王也。’故听之。”良曰:“料大王士卒足以当项王乎?”沛公默然,曰:“固不如也。且为之奈何?”张良曰:“请往谓项伯,言沛公不敢背项王也。”沛公曰:“君安与项伯有故[17]?”张良曰:“秦时与臣游,项伯杀人,臣活之;今事有急,故幸来告良。”沛公曰:“孰与[18]君少长?”良曰:“长于臣。”沛公曰:“君为我呼入,吾得兄事之。”张良出,要[19]项伯。项伯即入见沛公。沛公奉卮[20]酒为寿[21],约为婚姻[22],曰:“吾入关,秋豪[23]不敢有所近,籍[24]吏民,封府库,而待将军[25]。所以遣将守关者,备他盗之出入与非常也。日夜望将军至,岂敢反乎!愿伯具言臣之不敢倍德[26]也。”项伯许诺,谓沛公曰:“旦日不可不蚤[27]自来谢项王。”沛公曰:“诺。”于是项伯复夜去,至军中,具以沛公言报项王。因言曰:“沛公不先破关中,公岂敢入乎?今人有大功而击之,不义也。不如因善遇之。”项王许诺。

沛公旦日从百余骑来见项王,至鸿门,谢曰:“臣与将军戮力而攻秦,将军战河北,臣战河南,然不自意[28]能先入关破秦,得复见将军于此。今者有小人之言,令将军与臣有郤[29]。”项王曰:“此沛公左司马曹无伤言之,不然,籍何以至此?”项王即日因留沛公与饮。项王、项伯东向坐,亚父[30]南向坐。亚父者,范增也。沛公北向坐,张良西向侍。范增数目项王,举所佩玉玦[31]以示之者三,项王默然不应。范增起,出,召项庄,谓曰:“君王为人不忍。若入前为寿,寿毕,请以剑舞,因击沛公于坐[32],杀之。不者,若属皆且为所虏。”庄则入为寿。寿毕,曰:“君王与沛公饮,军中无以为乐,请以剑舞。”项王曰:“诺。”项庄拔剑起舞,项伯亦拔剑起舞,常以身翼蔽沛公,庄不得击。于是张良至军门见樊哙[33]。樊哙曰:“今日之事何如?”良曰:“甚急!今者项庄拔剑舞,其意常在沛公也。”哙曰:“此迫矣!臣请入,与之同命[34]。”哙即带剑拥盾入军门。交戟[35]之卫士欲止不内,樊哙侧其盾以撞,卫士仆地。哙遂入，披帷[36]西向立，瞋目视项王，头发上指，目眦[37]尽裂。项王按剑而跽[38]曰："客何为者？"张良曰："沛公之参乘[39]樊哙者也。"项王曰："壮士，赐之卮酒。"则与斗卮酒。哙拜谢，起，立而饮之。项王曰："赐之彘肩[40]！"则与一生彘肩。樊哙覆其盾于地，加彘肩上，拔剑切而啖之。项王曰："壮士！能复饮乎？"樊哙曰："臣死且不避，卮酒安足辞！夫秦王有虎狼之心，杀人如不能举，刑人如恐不胜，天下皆叛之。怀王与诸将约曰：'先破秦入咸阳者王之。'今沛公先破秦入咸阳，豪毛不敢有所近，封闭宫室，还军霸上，以待大王来。故遣将守关者，备他盗出入与非常也。劳苦而功高如此，未有封侯之赏，而听细说[41]，欲诛有功之人，此亡秦之续耳，窃为大王不取也！"项王未有以应，曰："坐。"樊哙从良坐。坐须臾，沛公起如厕，因招樊哙出。

沛公已出，项王使都尉陈平[42]召沛公。沛公曰："今者出，未辞也，为之奈何？"樊哙曰："大行不顾细谨，大礼不辞小让[43]。如今人方为刀俎[44]，我为鱼肉，何辞为？"于是遂去。乃令张良留谢。良问曰："大王来何操？"曰："我持白璧一双，欲献项王；玉斗一双，欲与亚父。会其怒，不敢献。公为我献之。"张良曰："谨诺。"当是时，项王军在鸿门下，沛公军在霸上，相去四十里。沛公则置车骑，脱身独骑，与樊哙、夏侯婴[45]、靳强[46]、纪信[47]等四人持剑盾步走，从郦山[48]下，道芷阳间行[49]。沛公谓张良曰："从此道至吾军，不过二十里耳。度我至军中，公乃入。"沛公已去，间至军中[50]。张良入谢，曰："沛公不胜桮杓[51]，不能辞。谨使臣良奉白璧一双，再拜献大王足下，玉斗一双，再拜奉大将军[52]足下。"项王曰："沛公安在？"良曰："闻大王有意督过之，脱身独去，已至军矣。"项王则受璧，置之坐上。亚父受玉斗，置之地，拔剑撞而破之，曰："唉！竖子[53]不足与谋！夺项王天下者必沛公也！吾属今为之虏矣！"沛公至军，立诛杀曹无伤。

注释

[1]节选自《史记・项羽本纪》。项羽，名籍，字羽，秦末下相县(今江苏宿迁)人。起兵反秦后与刘邦争天下，虽然前期取得胜利，但最后失败自杀。节选的这部分主要叙述项羽进入函谷关后与刘邦的一场斗争。鸿门，地名，在新丰(今陕

西临潼东)。

[2]沛公:汉高祖刘邦,在沛县(今属江苏)起兵反秦,称沛公。

[3]霸上:亦作“灞上”,即灞水西之白鹿原,在今陕西省西安市东南。

[4]左司马:军中掌管法纪政务的官,当时可能设为左右二人。

[5]子婴:秦始皇孙,秦二世侄,一说二世之兄。公元前207年,赵高杀胡亥,子婴被立为三世。秦亡,投降刘邦,后为项羽所杀。

[6]旦日:明天。

[7]新丰鸿门:新丰,汉县名,秦时原名郦邑,在今陕西临潼东北。鸿门,在新丰东,今名项王营。

[8]山东:战国时泛称六国之地为山东,以其在崤山以东,故名。

[9]望其气:观察他上方的云气。望气是古代方术之一,通过观察云气占卜吉凶命运。

[10]左尹:职同左相。楚国称丞相为令尹。

[11]项伯:名缠,因助刘邦有功,被封为射阳侯,赐姓刘。

[12]张良:字子房,刘邦谋臣,刘邦称帝后封为留侯。

[13]臣为韩王送沛公:张良原为韩国的贵族,反秦军起义后,项梁立韩公子成为韩王,张良为韩国司徒。后刘邦率军西下,韩公子成留守阳翟,张良随刘邦西入武关。送,从。韩王,韩公子成。

[14]鲰生:浅陋无知的小人。鲰,小鱼。

[15]距关:挡住函谷关。距,同“拒”。

[16]内:同“纳”。

[17]故:故交、老交情。

[18]孰与:与……相比。

[19]要:同“邀”,邀请。

[20]卮:古代盛酒的器皿。

[21]为寿:进酒于尊长前,祝其长寿。

[22]约为婚姻:这里指约为儿女亲家。

[23]秋豪:秋天动物身上长出的绒毛,比喻事物极其微小。豪,同“毫”。

[24]籍:登记户籍。

[25]将军:项羽。

[26]倍德:忘恩负义。倍,同“背”。

[27]蚤:同“早”。

[28]不自意:自己不曾料到。

[29]有郤:有裂痕。郤,同“隙”,嫌隙。

[30]亚父:项羽对范增的尊称。言对其礼数仅次于父亲。

[31]玦:一种玉器,环状有缺口。喻指决断。

[32]坐:同“座”。

[33]樊哙:沛人,吕后的妹夫,原以屠狗为业,跟随刘邦反秦,屡立战功。

[34]与之同命:跟项羽拼命。同命,拼命。一说与刘邦同生死。

[35]交戟:持戟(长柄武器)交叉,阻其入内。

[36]披帷:打开门帘。

[37]目眦:眼角。

[38]跽:跪起。古人席地而坐,两膝着地,臀部压在脚跟上。直身,臀部不贴脚跟为跪;跪而挺腰耸身为跽。这里指准备起身行动的警戒姿势。

[39]参乘:站在君主右侧,充当警卫的人。参,同“骖”。

[40]彘肩:猪的前腿。

[41]细说:小人谗言。

[42]陈平:当时任项羽的都尉,次年归附刘邦。

[43]大行不顾细谨,大礼不辞小让:做大事不必顾忌细节,行大礼不必计较细小的礼让。

[44]俎:切东西用的砧板。

[45]夏侯婴:沛人,从刘邦起兵,后封为汝阴侯。

[46]靳强:刘邦部属,后封汾阳侯。

[47]纪信:刘邦部将,项羽围刘邦于荥阳,纪信假装刘邦来诳楚军,刘邦因而得脱,纪信被项羽烧死。

[48]郦山:骊山,在鸿门西。

[49]道芷阳间行：取道芷阳，走小路。芷阳，在今陕西省西安市东。间行，走小路。

[50]间至军中：由小路到军中。

[51]桮杓：酒杯和勺子，这里作为酒的代称。桮杓，同“杯勺”。

[52]大将军：范增。

[53]竖子：小子。

屈原列传[1]

司马迁

屈原者，名平，楚之同姓也。为楚怀王左徒[2]。博闻强志[3]，明于治乱[4]，娴于辞令[5]。入则与王图议[6]国事，以出号令；出则接遇宾客，应对诸侯。王甚任[7]之。

上官大夫与之同列[8]，争宠而心害其能[9]。怀王使屈原造为宪令[10]，屈平属[11]草稿未定，上官大夫见而欲夺[12]之，屈平不与。因谗之曰：“王使屈平为令，众莫不知。每一令出，平伐[13]其功，曰以为[14]‘非我莫能为’也。”王怒而疏屈平。

屈平疾王听之不聪[15]也，谗谄之蔽明[16]也，邪曲之害公[17]也，方正之不容[18]也，故忧愁幽思而作《离骚》。“离骚”者，犹离忧[19]也。夫天者，人之始也；父母者，人之本也。人穷则反本[20]，故劳苦倦极[21]，未尝不呼天也；疾痛惨怛[22]，未尝不呼父母也。屈平正道直行，竭忠尽智以事其君，谗人间之，可谓穷矣。信而见疑[23]，忠而被谤，能无怨乎？屈平之作《离骚》，盖自怨生也[24]。《国风》好色而不淫，《小雅》怨诽而不乱[25]。若《离骚》者，可谓兼之矣。上称帝喾[26]，下道齐桓[27]，中述汤、武[28]，以刺世事[29]。明道德之广崇[30]，治乱之条贯[31]，靡[32]不毕见。其文约[33]，其辞微[34]，其志洁，其行廉。其称文小而其指极大[35]，举类迩而见义远[36]。其志洁，故其称物芳[37]；其行廉，故死而不容[38]。自疏濯淖污泥之中[39]，蝉蜕于浊秽[40]，以浮游尘埃之外，不获世之滋垢[41]，皭然泥而不滓者也[42]。推[43]此志也，虽与日月争光可也。

屈平既绌[44]，其后秦欲伐齐，齐与楚从亲[45]。惠王[46]患之，乃令张仪详去秦，厚币委质事楚[47]，曰："秦甚憎齐，齐与楚从亲，楚诚能绝齐[48]，秦愿献商於[49]之地六百里。"楚怀王贪而信张仪，遂绝齐，使使如秦受地[50]。张仪诈之曰："仪与王约六里，不闻六百里。"楚使怒去，归告怀王。怀王怒，大兴师伐秦。秦发兵击之，大破楚师于丹、淅[51]，斩首八万，虏楚将屈匄[52]，遂取楚之汉中地。怀王乃悉发国中兵，以深入击秦，战于蓝田[53]。魏闻之，袭楚至邓[54]。楚兵惧，自秦归。而齐竟怒不救楚，楚大困。

明年[55]，秦割汉中地与楚以和。楚王曰："不愿得地，愿得张仪而甘心焉。"张仪闻，乃曰："以一仪而当汉中地，臣请往如楚。"如楚，又因厚币用事者臣靳尚[56]，而设诡辩[57]于怀王之宠姬郑袖。怀王竟听郑袖，复释去张仪。是时屈平既疏，不复在位，使于齐，顾反[68]，谏怀王曰："何不杀张仪？"怀王悔，追张仪，不及。

其后诸侯共击楚，大破之，杀其将唐眛。

时秦昭王与楚婚，欲与怀王会。怀王欲行，屈平曰："秦，虎狼之国[59]，不可信。不如毋行。"怀王稚子子兰劝王行："奈何绝秦欢？"怀王卒行。入武关[60]，秦伏兵绝其后，因留怀王，以求割地。怀王怒，不听。亡走赵，赵不内。复之秦，竟死于秦而归葬。

长子顷襄王立，以其弟子兰为令尹。楚人既咎[61]子兰以劝怀王入秦而不反也。屈平既嫉[62]之，虽放流，眷顾楚国，系心怀王，不忘欲反，冀幸君之一悟，俗之一改也。其存[63]君兴国而欲反覆[64]之，一篇之中三致志[65]焉。然终无可奈何，故不可以反。卒以此见怀王之终不悟也。人君无愚、智、贤、不肖，莫不欲求忠以自为[66]，举贤以自佐；然亡国破家相随属[67]，而圣君治国[68]累世而不见者，其所谓忠者不忠，而所谓贤者不贤也。怀王以不知忠臣之分，故内惑于郑袖，外欺于张仪，疏屈平而信上官大夫、令尹子兰，兵挫地削，亡其六郡[69]，身客死于秦，为天下笑。此不知人之祸也……

令尹子兰闻之，大怒，卒使上官大夫短[70]屈原于顷襄王，顷襄王怒而迁[71]之。

屈原至于江滨，被发行吟泽畔，颜色憔悴，形容[72]枯槁。渔父见而问之曰："子非三闾大夫[73]欤？何故而至此？"屈原曰："举世混浊而我独清，众人皆醉而我独醒，是以见放[74]。"渔父曰："夫圣人[75]者，不凝滞于物[76]，而能与世推移[77]。举世混浊，何不随其流而扬其波[78]？众人皆醉，何不餔其糟而啜其醨[79]？何故怀瑾握瑜[80]，而自令见放为？"屈原曰："吾闻之，新沐者必弹冠[81]，新浴者必振衣。人又谁能以身之察察[82]，受物之汶汶[83]者乎？宁赴常流[84]而葬乎江鱼腹中耳，又安能以皓皓之白[85]，而蒙世俗之温蠖[86]乎？”乃作《怀沙》之赋。……于是怀石，遂自投汨罗[87]以死。屈原既死之后，楚有宋玉、唐勒、景差之徒者，皆好辞[88]而以赋见称；然皆祖[89]屈原之从容[90]辞令，终莫敢直谏。其后楚日以削，数十年，竟为秦所灭。

…………

太史公曰[91]：“余读《离骚》《天问》《招魂》《哀郢》[92]，悲其志。适[93]长沙，观屈原所自沉渊，未尝不垂涕，想见其为人。及见贾生吊之[94]，又怪屈原以彼其材[95]，游诸侯，何国不容，而自令若是！读《鹏鸟赋》[96]，同死生[97]，轻去就[98]，又爽然自失[99]矣。”

注释

[1]节选自《史记·屈原贾生列传》。

[2]左徒：官名。

[3]博闻强志：知识广博，长于记忆。闻，学识。志，记。

[4]明于治乱：明晓国家治乱（的道理）。治，指国家安定。乱，指国家动荡。

[5]娴于辞令：擅长外交辞令。娴，熟练、熟悉。辞令，应对的言辞。

[6]图议：谋划计议。

[7]任：信任。

[8]上官大夫与之同列：上官大夫和屈原地位相同。上官，复姓。大夫，官名。列，朝列、班列。

[9]害其能：嫉妒屈原的才能。害，嫉妒。

[10]宪令：国家法令。

[11]属（zhǔ）：撰写。

[12]夺：强取为己有。

[13]伐：自夸、炫耀。

[14]曰以为：“曰”和“以为”是同义连用。一说，“曰”为衍文。

[15]疾王听之不聪：痛心于楚怀王惑于小人之言，不能明辨是非。疾，痛心。

聪，明察。

[16]谗谄之蔽明：说人坏话、奉承献媚的小人混淆黑白，蒙蔽怀王。

[17]邪曲之害公：品行不正的小人损害国家。

[18]方正之不容：端方正直的人不为(昏君谗臣)所容。

[19]离忧：遭遇忧患。离，同“罹”，遭受。

[20]人穷则反本：人困窘没有出路，就会追念根本。

[21]倦极：疲倦困苦。极，疲困。

[22]惨怛(dá)：忧伤、悲痛。

[23]信而见疑：诚实不欺却被怀疑。见，被。

[24]盖自怨生也：大概是由怨愤引起的。

[25]《国风》好色而不淫，《小雅》怨诽而不乱：《国风》好描写男女恋情但不失分寸，《小雅》怨愤发牢骚但不坏乱礼法。

[26]上称帝喾：往远处说提到帝喾(传说中的五帝之一)。

[27]下道齐桓：往近处说提到齐桓公。

[28]汤、武：商汤、周武王。

[29]以刺世事：(称引古代帝王)以此讥刺当世的事。

[30]广崇：广大崇高。

[31]条贯：条理。

[32]靡：无、没有。

[33]约：简约。

[34]微：含蓄隐晦。

[35]其称文小而其指极大：其文辞描写的是寻常事物，但是它的意旨却极为博大(因为关系到国家的治乱)。指，同“旨”。

[36]举类迩而见义远：列举的事例浅近，而表达的意思很深远。类，事物。迩，近。

[37]称物芳：指《离骚》里面多用美人香草来比喻。

[38]故死而不容：所以至死不容于世。

[39]自疏濯淖污泥之中：自动地远离污浊。濯、淖、污、泥，都是“污浊”的意思。

[40]蝉蜕于浊秽:像蝉蜕壳那样摆脱污秽的境地。

[41]不获世之滋垢:不为尘世的污垢所辱。获,辱、被辱。滋,黑。

[42]皭(jiào)然泥(niè)而不滓(zǐ)者也:意思是,屈原是出淤泥而不染、保持高洁品德的人。泥,同“涅”,染黑。滓,污染。

[43]推:推赞。

[44]绌:同“黜”,指被罢免官职。

[45]齐与楚从(zòng)亲:齐国和楚国合纵相亲。从,同“纵”,合纵,联合抗秦。

[46]惠王:秦惠王。

[47]乃令张仪详(yáng)去秦,厚币委质事楚:就令张仪假装离开秦国,拿着丰厚的礼物进献给楚国,表示愿意侍奉楚王。张仪,魏国人。他后来为秦惠王游说六国,主张“连横”。详,同“佯”,假装。厚币,丰厚的礼物。委,献。质,同“贽”,见面礼。张仪入楚在公元前 313 年。

[48]绝齐:与齐国断绝外交关系。

[49]商於:地名,在今河南淅川西南。一说,指商(今陕西丹凤西北)、於(在今河南西峡)两地及两地之间的地区,即今丹江中下游一带。

[50]使使如秦受地:派使者到秦国接受秦国答应割让的土地。

[51]丹、淅:丹水、淅水一带。丹水发源于陕西商洛,东入河南与淅水汇合,至湖北丹江口入汉水。淅水发源于河南卢氏,流经内乡、淅川等地。公元前 312 年,秦军在丹阳(今河南西峡西、丹水以北地区)大败楚军。

[52]匄:读 gài。

[53]蓝田:秦县名,在陕西省蓝田县西。

[54]邓:在今河南省邓州市。

[55]明年:第二年,指公元前 311 年。

[56]又因厚币用事者臣靳尚:又趁机送厚礼给楚国当权的臣子靳尚。因,趁机。用事,当权。

[57]设诡辩:说假话。

[58]顾反:回来。

[59]虎狼之国:像虎和狼一样凶猛的国家,即侵略成性的国家。

[60]武关：秦国的南关，在今陕西丹凤东。

[61]咎：怪罪、责怪。

[62]嫉：恨。

[63]存：思念。一说，保全。

[64]反覆：回归。

[65]三致志：再三表达(这种)意愿。

[66]自为(wèi)：帮助自己。

[67]相随属(zhǔ)：接连出现。

[68]治国：安定太平的国家。

[69]六郡：指汉中一带。

[70]短：诋毁。

[71]迁：放逐。

[72]形容：外貌、模样。形，身形。容，面容。

[73]三闾(lǘ)大夫：官名。屈原此前曾任此职。

[74]是以见放：因此被放逐。

[75]圣人：这里指聪明通达的人。

[76]不凝滞于物：不为外物所拘束。凝滞，拘泥、执着。

[77]与世推移：随世道变化而变化。

[78]随其流而扬其波：指随从世俗，与之同流。

[79]铺(bū)其糟而啜其醨(lí)：吃众人的酒糟，喝众人的薄酒，意思是与众人同醉。铺，吃。啜，喝。醨，薄酒。

[80]怀瑾握瑜：比喻保持高洁美好的节操志向。瑾、瑜，都是美玉。

[81]弹冠：弹去帽子上的灰尘。

[82]察察：洁净的样子。

[83]汶(mén)汶：浑浊的样子。

[84]常流：长流，指江水。

[85]皓皓之白：比喻品德的高尚纯洁。皓皓，同"皓皓"，皎洁的样子。

[86]温蠖(huò)：尘垢。

[87]汨罗：江名，在湖南东北部。

[88]辞：文辞，这里指文学。

[89]祖：效法、继承。

[90]从容：委婉得体。

[91]太史公曰：太史公是司马迁的自称。后面的文字是司马迁对历史人物和历史事件的评论、总结。

[92]《离骚》《天问》《招魂》《哀郢》：均为屈原的作品。

[93]适：到某地去。

[94]贾生吊之：指西汉政论家、文学家贾谊路过湘水，写《吊屈原赋》凭吊屈原。

[95]彼其材：他那样的才能。

[96]《鹏鸟赋》：贾谊的赋作，借与鹏鸟问答抒发自己忧愤不平的情感。

[97]同死生：将生死同等看待。

[98]去就：指离官去职或在朝任职。

[99]爽然自失：茫然若有所失。

作家作品

《史记》，汉司马迁撰，褚少孙补。迁事迹，具《汉书》本传，少孙据张守节《正义》引张晏之说，以为颍川人，元、成间博士。又引《褚颉家传》，以为梁相褚大弟之孙，宣帝时为博士，寓居沛，事大儒王式，故号先生。二说不同。然宣帝末距成帝初，不过十七八年，其相去亦未远也。案迁自序凡十二本纪、十表、八书、三十世家、七十列传，共为百三十篇。《汉书》本传称其十篇阙，有录无书。张晏注以为迁殁之后，亡《景帝纪》《武帝纪》《礼书》《乐书》《兵书》《汉兴以来将相年表》《日者列传》《三王世家》《龟策列传》《傅靳列传》。刘知几《史通》则以为十篇未成，有录而已，驳张晏之说为非。今考"日者""龟策"二传并有"太史公曰"，又有"褚先生曰"，是为补缀残稿之明证。当以知几为是也。然《汉志·春秋家》载《史记》百三十篇，不云有阙，盖是时官本已以少孙所续，合为一编。观其"日者""龟策"二传并有"臣为郎时"云云，是必尝经奏进，故有是称。其"褚先生曰"字，殆后人追题，以为别识欤。

——《四库全书总目提要》

推荐书目

1. 司马迁. 史记[M]. 北京：中华书局，2014.

2. 张大可.《史记》选评[M]. 上海：上海古籍出版社，2003.

3. 杨照. 史记的读法：司马迁的历史世界[M]. 桂林：广西师范大学出版社，2019.

苏武传[1]

班固

武字子卿，少以父任[2]，兄弟并为郎，稍迁至栘中厩监[3]。时汉连伐胡，数通使[4]相窥观[5]。匈奴留汉使郭吉、路充国等前后十余辈[6]，匈奴使来，汉亦留之以相当[7]。天汉元年[8]，且鞮侯单于[9]初立，恐汉袭之，乃曰："汉天子我丈人行[10]也。"尽归汉使路充国等。武帝嘉其义[11]，乃遣武以中郎将使持节[12]送匈奴使留在汉者，因厚赂[13]单于，答其善意。武与副中郎将张胜及假吏[14]常惠等，募士[15]、斥候[16]百余人俱。既至匈奴，置币[17]遗单于；单于益骄，非汉所望[18]也。

方欲发使送武等，会缑王[19]与长水虞常等谋反匈奴中。缑王者，昆邪王[20]姊子也，与昆邪王俱降汉，后随浞野侯[21]没胡中，及卫律[22]所将降者，阴相与谋劫单于母阏氏归汉。会武等至匈奴。虞常在汉时，素与副张胜相知，私候[23]胜曰："闻汉天子甚怨卫律，常能为汉伏弩射杀之，吾母与弟在汉，幸蒙其赏赐。"张胜许之，以货物与常。

后月余，单于出猎，独阏氏子弟在。虞常等七十余人欲发，其一人夜亡，告之。单于子弟发兵与战，缑王等皆死，虞常生得[24]。

单于使卫律治[25]其事，张胜闻之，恐前语发[26]，以状[27]语武。武曰："事如此，此必及[28]我，见犯[29]乃死，重负国。"欲自杀，胜、惠共止之。虞常果引[30]张胜。单于怒，召诸贵人议，欲杀汉使者。左伊秩訾[31]曰："即谋单于，何以复加？宜皆降之。"

单于使卫律召武受辞[32]。武谓惠等："屈节辱命，虽生[33]，何面目以归汉！"引[34]佩刀自刺。卫律惊，自抱持武，驰召医。凿地为坎[35]，置煴火[36]，覆武其上，蹈[37]其背以出血。武气绝，半日复息。惠等哭，舆[38]归营。单于壮[39]其节，朝夕遣人候问武，而收系[40]张胜。

武益愈[41]。单于使使晓[42]武，会论[43]虞常，欲因[44]此时降武。剑斩虞常已，律曰："汉使张胜谋杀单于近臣，当死；单于募降者赦罪。"举剑欲击之，胜请降。律谓武曰："副有罪，当相坐[45]。"武曰："本无谋，又非亲属，何谓相坐？"复举剑拟[46]之，武不动。律曰："苏君，律前负[47]汉归匈奴，幸蒙大恩，赐号称王，拥众数万，马畜弥[48]山，富贵如此。苏君今日降，明日复然。空以身膏[49]草野，谁复知之！"武不应。律曰："君因[50]我降，与君为兄弟；今不听吾计，后虽复欲见我，尚可[51]得乎？"武骂律曰："汝为人臣子，不顾恩义，畔[52]主背亲，为降虏于蛮夷，何以汝为见？且单于信汝，使决人死生，不平心持正，反欲斗两主，观祸败。南越杀汉使者，屠为九郡。宛王杀汉使者，头县北阙。朝鲜杀汉使者，即时诛灭。独匈奴未耳。若[53]知我不降明，欲令两国相攻，匈奴之祸，从我始矣！"

律知武终不可胁，白[54]单于。单于愈益欲降之。乃幽[55]武，置大窖[56]中，绝不饮食[57]。天雨雪[58]，武卧啮[59]雪，与旃[60]毛并咽之，数日不死。匈奴以为神。乃徙武北海[61]上无人处，使牧羝[62]。羝乳[63]乃得归。别其官属常惠等各置他所。武既至海上，廪食[64]不至，掘野鼠去[65]草实[66]而食之。仗汉节牧羊，卧起操持，节旄尽落。积五六年，单于弟於靬王弋[67]射海上。武能网[68]纺缴[69]，檠[70]弓弩，於靬王爱之，给[71]其衣食。三岁余，王病，赐武马畜、服匿[72]、穹庐。王死后，人众徙去。其冬，丁令[73]盗武牛羊，武复穷厄。

初，武与李陵俱为侍中，武使匈奴，明年[74]，陵降，不敢求武。久之，单于使陵至海上，为武置酒设乐。因谓武曰："单于闻陵与子卿素厚[75]，故使陵来说足下[76]，虚心欲相待。终不得归汉，空自苦亡[77]人之地，信义安所见乎[78]？前长君为奉车，从至雍[79]棫阳宫[80]，扶辇[81]下除[82]，触柱折辕，劾大不敬，伏剑自刎，赐钱二百万以葬。孺卿[83]从祠河东[84]后土，宦骑[85]与黄门驸马[86]争船，推堕驸马河中溺死，宦骑亡，诏使孺卿逐捕，不得，惶恐饮药而死。来时太夫人[87]已不幸，陵送葬至阳陵[88]。子卿妇年少，闻已更嫁矣。独有女弟[89]二人，两女一男，今复十余年,存亡不可知。人生如朝露,何久自苦如此!陵始降时,忽忽[90]如狂,自痛负汉,加以老母系保宫[91]。子卿不欲降,何以过陵?且陛下春秋高[92],法令亡常,大臣亡罪夷灭者数十家,安危不可知,子卿尚复谁为乎?愿听陵计,勿复有云。”武曰:“武父子亡功德,皆为陛下所成就,位列将,爵通侯,兄弟亲近,常愿肝脑涂地[93]。今得杀身自效,虽蒙斧钺汤镬[94],诚甘乐之。臣事君,犹子事父也。子为父死亡所恨。愿勿复再言。”

陵与武饮数日,复曰:“子卿壹听陵言。”武曰:“自分[95]已死久矣!王必欲降武,请毕今日之欢,效[96]死于前!”陵见其至诚,喟然叹曰:“嗟乎,义士!陵与卫律之罪上通于天!”因泣下霑衿[97],与武决去[98]。

…………

昭帝即位。数年,匈奴与汉和亲。汉求武等,匈奴诡言[99]武死。后汉使复至匈奴。常惠请其守者与俱,得夜见汉使,具[100]自陈道。教使者谓单于,言天子射上林[101]中,得雁,足有系帛书,言武等在某泽中。使者大喜,如惠语以让[102]单于。单于视左右而惊,谢汉使曰:“武等实在。”

…………

单于召会武官属,前以降及物故,凡随武还者九人。

…………

武以始元六年[103]春至京师。

…………

武留匈奴凡十九岁,始以强壮出,及还,须发尽白。

注释

[1]节选自《汉书·李广苏建传》,讲述了苏武被困匈奴十九年,依旧不改其志,最终不辱使命的事情。《苏武传》号称《汉书》第一传,精湛的语言、细致的描写,给人留以深刻的印象。

[2]父任:以父荫担任官职。汉制,凡二千石以上官员,得任其子为郎。

[3]栘中厩监:官名,管理马厩的官。栘中厩,养马的厩名。

[4]通使:互派使者。

[5]窥观:暗中观察。

[6]十余辈:十余人。

[7]相当:相抵。

[8]天汉元年:公元前100年。

[9]且(jū)鞮(dī)侯单于:匈奴乌维单于的兄弟。

[10]行(háng):辈。

[11]义:合宜的道德行为。

[12]节:符节、旄节,古代使臣用以做凭证。以竹为竿,上饰以牦牛尾。

[13]赂:赠送。

[14]假吏:临时充当使臣的小吏。

[15]募士:招募的士卒。

[16]斥候:侦察人员。

[17]置币:备办礼物。币,缯帛,古代多用作馈赠的礼物。

[18]望:期望。

[19]缑(gōu)王:匈奴亲王。

[20]昆(hún)邪王:匈奴的一个部落的王,其部落活动于今甘肃、内蒙古西部。

[21]浞(zhuó)野侯:汉将领赵破奴的封爵。太初二年(公元前103年)春率两万骑兵抗击匈奴,兵败后投降匈奴。

[22]卫律:西汉人,投降匈奴后封为丁灵王。

[23]候:拜访。

[24]虞常生得:虞常被活捉。

[25]治:审理。

[26]发:泄露。此指被揭发。

[27]状:情景。

[28]及:牵连。

[29]见犯:收到侮辱。

[30]引:牵引、牵扯。

[31]左伊秩訾:匈奴王号。

[32]受辞:受审讯。

[33]虽生:即使活着。

[34]引:拿、拔。

[35]坎:坑穴。

[36]煴火:没有火苗的小火堆。

[37]蹈:通“搯”,音 tāo,叩、轻敲。

[38]舆:抬。

[39]壮:以……为壮。

[40]收系:逮捕监禁。

[41]益愈:渐渐痊愈。

[42]晓:通知。

[43]会论:共同审判。论,定罪。

[44]因:趁着。

[45]相坐:也叫连坐。一人犯法,株连其他人同时治罪。

[46]拟:模拟、做样子。

[47]负:背叛。

[48]弥:满。

[49]膏(gào):使……肥沃。

[50]因:通过。

[51]尚可:哪里、怎么能。

[52]畔:通“叛”,背叛。

[53]若:你。

[54]白:下对上陈述。

[55]幽:囚禁。

[56]窖:储存粮食的地穴,此指空窖。

[57]饮食:吃饭、喝水。

[58]雨雪：下雪。雨，名词作动词。

[59]啮：咬。

[60]旃：通“毡”，毛织物。

[61]北海：今俄罗斯的贝加尔湖，为当时匈奴活动区域最北方，故名北海。

[62]羝(dī)：公羊。

[63]乳：生育。

[64]廪食：官方供给的粮食。廪，官方供给。

[65]去：通“弆”，音 jǔ，收藏。

[66]草实：草生果实。

[67]弋：指用带绳子的箭射。

[68]能网：应为“结网”之误。

[69]缴(zhuó)：生丝线绳，指弋射时箭尾所用的丝线。

[70]檠(qíng)：矫正。

[71]给：供给、供应。

[72]服匿：盛酒的器具，小口、大腹、方底。

[73]丁令：古代游牧部落。

[74]明年：第二年。

[75]素厚：一向关系很好。

[76]足下：古代同辈之间，或者下称上的敬辞。

[77]亡：通“无”。

[78]信义安所见乎：您对汉朝的信义体现在哪里呢？

[79]雍：县名，今在陕西凤翔南。

[80]棫阳宫：秦昭王时所建的宫殿，故址在今陕西扶风县东北。

[81]辇：秦汉之后指帝王、后妃所乘的车。

[82]除：宫殿的台阶。

[83]孺卿：苏武的弟弟苏贤，字孺卿。

[84]河东：郡名，今山西夏县西北。

[85]宦骑：骑马的宦官。

[86]黄门驸马:官中掌管车辇马匹的官。

[87]太夫人:汉制,列侯之母称为太夫人,这里当是指苏武之母。

[88]阳陵:今在陕西咸阳市东、西安市高陵区西南。因汉景帝陵墓在此而得名。

[89]女弟:妹妹。

[90]忽忽:失意的样子,精神恍惚。

[91]保宫:狱名,属少府。囚禁犯罪大臣及其家属的地方。

[92]春秋高:年岁大。

[93]肝脑涂地:尽忠竭力,不惜一死,指希望为朝廷献出生命。

[94]蒙斧钺汤镬:被杀。斧钺、汤镬均指刑戮。

[95]自分:自己料定。

[96]效:献。

[97]霑衿:沾湿了衣服。霑,同"沾"。衿,同"襟"。

[98]决去:告别而去。决,通"诀",诀别。

[99]诡言:谎称。

[100]具:详细。

[101]上林:苑囿名,故址在今陕西省西安市西南。

[102]让:责备。

[103]始元六年:公元前81年,汉昭帝即位第六年。

作家作品

班固(32—92年),东汉官吏、史学家、文学家,史学家班彪之子,字孟坚,扶风安陵(今陕西咸阳东北)人。班固曾为兰台令史,后迁为郎,典校秘书,潜心二十余年,修成《汉书》。汉章帝时,以文才深得器重,迁玄武司马,撰《白虎通德论》。汉和帝永元元年(89年),随窦宪出击匈奴,为中护军。永元四年,窦宪失势自杀,班固受牵连,死于狱中。

司马迁的《史记》只记载到汉武帝太初年间，后来褚少孙、刘向、刘歆、扬雄和班固父班彪等十多人都曾经做过续补工作。班彪所续，称为《后传》，计六十五篇（一说百篇以上）。班固认为《后传》内容还不够详尽，于是在班彪死后进一步搜集史料，改订体例，从东汉明帝永平元年（58年）开始撰著《汉书》，前后经过二十多年，但死时还有八表和《天文志》未成，由其妹班昭和马续续写完工。

《汉书》所记，从汉高祖元年（公元前206年）起，到王莽地皇四年（23年）止，包括了整个西汉一代的历史。全书由十二帝纪、八表、十志、七十列传组成，共计一百篇。体例方面，《汉书》基本上继承《史记》而有所变更。例如：改“书”为“志”，创立了艺文、地理、刑法等志；取消“世家”，并入“列传”。内容方面，武帝以前的记载也多袭用《史记》原文，但也增补了许多史料；并增立了《史记》所没有的《惠帝纪》和王陵、吴芮、蒯通、伍被、贾山等列传，以及《百官公卿表》等。同时，在帝纪中增载了不少重要诏令，在列传中保存了许多反映当时社会政治、经济状况的奏疏等重要文献，如董仲舒的《限民名田疏》、晁错的《复言募民徙塞下》等。武帝以后部分，依据班彪《后传》改写，只有元、成二帝纪和韦贤、翟方进、元后三传袭用《后传》原文。

班固创立了断代史，后世史家都纷纷仿效。后人注《汉书》的计数十家，清代学者也做了许多研究工作。现在最流行的是唐颜师古的注本和清末王先谦的补注本。中华书局于1962年点校出版的《汉书》，即以王本作为底本，但只收颜注，不收补注，便于一般阅读。

——摘编自周予同主编《中国历史文选》

推荐书目

1. 汪受宽.《汉书》选评[M]. 上海：上海古籍出版社，2003.

2. 班固. 汉书[M]. 北京：中华书局，1975.

研讨与练习

1. 我们都知道,楚汉之争最后的结局是刘邦战胜了项羽。你认为这一结局有没有在鸿门宴中就得到了预示?如果有的话,根据何在?请分小组讨论,并在课堂上交流讨论心得。

2. 在阅读历史时,我们往往会站在全知的阅读者的立场上,以"后知之明"来对历史中的人物作出评价。如果我们能够摆脱"后知之明"的预设的话,想一想项羽为何没有在鸿门宴上杀刘邦?

3.《史记》被誉为"史家之绝唱,无韵之《离骚》"(鲁迅《汉文学史纲要》)。更有评论称"史公与屈子,实有同心"(吴楚材、吴调侯《古文观止》)。阅读《屈原列传》,分析司马迁在屈原身上寄托了怎样的情感?

4. 本课篇目中出现了许多重要的历史人物,其中你最欣赏谁?请结合史实进行人物评析。

5. 请结合《苏武传》中的相关知识,翻译下面《汉书》中的一段文字的大意。

昭帝立,大将军霍光、左将军上官桀辅政,素与陵善,遣陵故人陇西任立政等三人俱至匈奴招陵。立政等至,单于置酒赐汉使者,李陵、卫律皆侍坐。立政等见陵,未得私语,即目视陵,而数数自循其刀环,握其足,阴谕之,言可还归汉也。后陵、律持牛酒劳汉使,博饮,两人皆胡服椎结。立政大言曰:"汉已大赦,中国安乐,主上富于春秋,霍子孟、上官少叔用事。"以此言微动之。陵默不应,孰视而自循其发,答曰:"吾已胡服矣!"有顷,律起更衣,立政曰:"咄,少卿良苦!霍子孟、上官少叔谢女。"陵曰:"霍与上官无恙乎?"立政曰:"请少卿来归故乡,毋忧富贵。"陵字立政曰:"少公,归易耳,恐再辱,奈何!"语未卒,卫律还,颇闻余语,曰:"李少卿贤者,不独居一国。范蠡遍游天下,由余去戎入秦,今何语之亲也!"因罢去。立政随谓陵曰:"亦有意乎?"陵曰:"丈夫不能再辱。"

从上面这段文字来看,苏武和李陵降与不降的选择是否存在着什么共同点?你如何评价这两位著名历史人物各自的选择?

6. 结合本课内容,就文学与历史之间的关系谈谈你的看法,试写 400 字左右,要求论述逻辑清晰、有理有据。

7. 背诵《报任安书》选段及《屈原列传》第 3 段。

第六课

唐宋八大家散文选读

师说[1]

韩愈

古之学者必有师。师者，所以传道受业解惑也[2]。人非生而知之者[3]，孰能无惑？惑而不从师，其为惑也，终不解矣。生乎吾前，其闻道也固先乎吾，吾从而师之[4]；生乎吾后，其闻道也亦先乎吾，吾从而师之。吾师道也，夫庸知其年之先后生于吾乎？是故无贵无贱，无长无少，道之所存，师之所存也。

嗟乎！师道之不传也久矣！欲人之无惑也难矣！古之圣人，其出人也远矣，犹且从师而问焉；今之众人，其下圣人也亦远矣，而耻学于师。是故圣益圣，愚益愚。圣人之所以为圣，愚人之所以为愚，其皆出于此乎？爱其子，择师而教之；于其身也，则耻师焉，惑矣。彼童子之师，授之书而习其句读[5]者，非吾所谓传其道、解其惑者也。句读之不知，惑之不解，或师焉，或不焉，小学而大遗，吾未见其明也。巫医[6]、乐师、百工之人，不耻相师；士大夫之族，曰师、曰弟子云者，则群聚而笑之。问之，则曰："彼与彼年相若[7]也，道相似也，位卑则足羞，官盛则近谀[8]。"呜呼！师道之不复可知矣！巫医、乐师、百工之人，君子不齿[9]，今其智乃反不能及，其可怪也欤！

圣人无常师[10]。孔子师郯子、苌弘、师襄、老聃[11]。郯子之徒，其贤不及孔子。孔子曰："三人行，则必有我师[12]。"是故弟子不必不如师，师不必贤于弟子。闻道有先后，术业有专攻，如是而已。

李氏子蟠，年十七，好古文，六艺[13]经[14]传[15]皆通习之，不拘于时，学于余。余嘉其能行古道，作《师说》以贻之。

注释

[1]选自清代马其昶《韩昌黎文集校注》。

[2]传道受业解惑也：传授道理、教授学业、解答疑难问题。道，指儒家哲学、政治等原则；受，通"授"；业，泛指古代经史诸子之学。

[3]人非生而知之者：人不是生下来就懂得知识和道理的。

[4]其闻道也固先乎吾，吾从而师之：他懂得道理本来就早于我，我应该跟从他，并把他当作老师。闻，听见，引申为懂得；师，作动词用，从师的意思。

[5]句读(dòu)：也叫句逗，古人指文辞休止和停顿处。古代老师教儿童读书时，要进行句读教学。

[6]巫医：古代以占卜等方法或兼用药物医治疾病的人。《论语·子路》："人而无恒，不可以作巫医。"

[7]相若：相像，差不多的意思。下文的"相似"同义。

[8]谀(yú)：奉承、谄媚。

[9]君子不齿：君子表示不屑。君子，这里作士大夫解；不齿，不屑，表示鄙视。

[10]圣人无常师：圣明的人学习没有固定的老师。

[11]郯(tán)子、苌(cháng)弘、师襄、老聃(dān)：郯子，春秋时郯国(今山东郯城)的国君，孔子曾向他请教过古代帝王时代的官职名称。苌弘，东周敬王时候的大夫，孔子曾向他请教过古乐知识。师襄，春秋时鲁国的乐官，名襄，孔子曾向他学习弹琴的技艺。老聃，即老子，思想家、道家学派创始人，孔子曾向他请教礼仪知识。

[12]三人行，则必有我师：语出《论语》。《论语·述而》："子曰：'三人行，必有

我师焉。择其善者而从之,其不善者而改之。'”

[13]六艺:六经,即《诗经》《尚书》《仪礼》《乐经》《周易》《春秋》六部儒家经典。

[14]经:六经本文。

[15]传:解释经文的著作。

作家作品

韩愈(768—824年),字退之,河南河阳(今河南孟州南)人,自称“郡望昌黎”,世称韩昌黎。晚年任吏部侍郎,又称韩吏部。韩愈提出“文从字顺”和“文道合一”的文学主张,反对六朝以来骈偶之风。有《韩昌黎集》传世。韩愈是唐代古文运动的倡导者,被后人尊为“唐宋八大家”之首,与柳宗元并称“韩柳”,有“文章巨公”和“百代文宗”之名。

“由魏晋氏以下,人益不事师。今之世,不闻有师;有辄哗笑之,以为狂人。独韩愈奋不顾流俗,犯笑侮,收召后学,作《师说》,因抗颜而为师。”

——柳宗元《答韦中立论师道书》

推荐书目

1. 卞孝萱,张清华,阎琦.韩愈评传[M].南京:南京大学出版社,1998.
2. 马其昶.韩昌黎文集校注[M].上海:上海古籍出版社,1998.
3. 林非.中国散文大辞典[M].郑州:中州古籍出版社,1997.

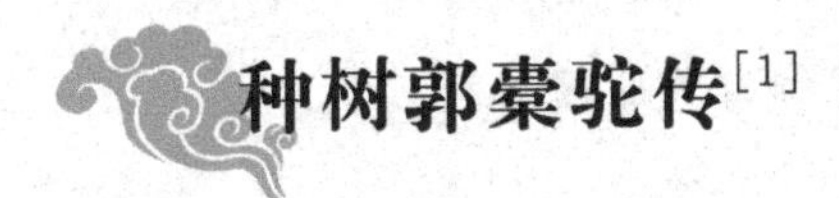

种树郭橐驼传[1]

柳宗元

郭橐驼,不知始何名。病偻[2],隆然[3]伏行,有类橐驼者,故乡人号之“驼”。驼闻之曰:“甚善,名我固当。”因舍其名,亦自谓“橐驼”云。其乡曰丰乐乡,在长安西。驼业种树,凡长安豪家富人为观游[4]及卖果者,皆争迎取养,视驼所种树,或移徙,无不活，且硕茂，早实以蕃[5]。他植者虽窥伺效慕，莫能如也。

有问之，对曰："橐驼非能使木寿且孳[6]也，能顺木之天以致其性焉尔。凡植木之性：其本欲舒，其培欲平，其土欲故，其筑欲密。既然已，勿动勿虑，去不复顾。其莳[7]也若子，其置也若弃，则其天者全而其性得矣。故吾不害其长而已，非有能硕茂之也；不抑耗其实而已，非有能早而蕃之也。他植者则不然。根拳而土易[8]，其培之也，若不过焉则不及。苟有能反是者，则又爱之太恩，忧之太勤，旦视而暮抚，已去而复顾。甚者爪其肤以验其生枯，摇其本以观其疏密，而木之性日以离矣。虽曰爱之，其实害之；虽曰忧之，其实仇之。故不我若也。吾又何能为哉！"

问者曰："以子之道，移之官理[9]，可乎？"驼曰："我知种树而已，官理，非吾业也。然吾居乡，见长人者[10]好烦其令，若甚怜[11]焉，而卒以祸。旦暮吏来而呼曰：'官命促尔耕，勖[12]尔植，督尔获；早缫而绪[13]，早织而缕[14]；字[15]而幼孩，遂而鸡豚[16]。'鸣鼓而聚之，击木而召之。吾小人辍飧饔[17]以劳吏者，且不得暇，又何以蕃吾生而安吾性耶？故病[18]且怠。若是，则与吾业者，其亦有类乎？"

问者嘻曰："不亦善夫！吾问养树，得养人术。"传其事以为官戒也。

注释

[1]选自《柳河东集》。橐(tuó)，原指装物口袋。橐驼即骆驼。

[2]偻(lǚ)：脊背弯曲，驼背。

[3]隆然：高高突起的样子。

[4]为观游：修建观赏游览的园林。

[5]蕃：繁多。

[6]孳(zī)：生长得快。

[7]莳(shì)：移栽。

[8]土易：换了新土。

[9]官理：为官治民。唐人避高宗名讳，改"治"为"理"。

[10]长(zhǎng)人者：治理人民的官长。

[11]怜：爱。

[12]勖（xù）：勉励。

[13]早缫（sāo）而绪：早点缫好你们的丝。缫，煮茧抽丝；而，通“尔”，你。

[14]缕：纺线织布。

[15]字：养育。

[16]遂而鸡豚（tún）：喂养好你们的鸡和猪。遂，顺利地成长；豚，小猪。

[17]飧（sūn）饔（yōng）：飧，晚饭；饔，早饭。

[18]病：困苦。

作家作品

柳宗元（773—819年），字子厚，祖籍河东郡（今山西永济、芮城一带），世称“柳河东”，因官终柳州刺史，又称“柳柳州”，唐代文学家，“唐宋八大家”之一。与韩愈共同倡导唐代古文运动，并称为“韩柳”，与刘禹锡并称“刘柳”，与王维、孟浩然、韦应物并称“王孟韦柳”。柳宗元文成就大于诗，最为世人称道的是那些清深意远、疏淡峻洁的山水闲适之作。柳宗元传世骈文有近百篇，散文论说性强，笔锋犀利，讽刺辛辣；游记写景状物，多所寄托。柳宗元的作品由刘禹锡保存下来，明代蒋之翘辑注有《柳河东集》等。

本文是一篇兼具寓言和政论色彩的传记文。文章通过对郭橐驼种树之道的记叙，说明“顺木之天以致其性”是“养树”的法则，并由此推论出“养人”的道理，指出为官治民不能“好烦其令”，指责中唐吏治的扰民、伤民，反映出作者同情人民的思想和改革弊政的愿望。这种借传立说、因事出论的写法，别开生面。文章先以种植的当与不当作对比，继以管理的善与不善作对比，最后以吏治与种树相映照，在反复比照中导出题旨，阐明事理。文中描写郭橐驼的体貌特征，寥寥几笔，形象而生动；记述郭橐驼的答话，庄谐杂出，语精而意丰。全文以记言为主，记言中穿插描写，错落有致，引人入胜。

推荐书目

1.《永州八记》

柳宗元于永贞元年(805年)被贬为永州司马(任所在今湖南省永州市),在此期间写下了著名的《永州八记》:《始得西山宴游记》《钴鉧潭记》《钴鉧潭西小丘记》《至小丘西小石潭记》《袁家渴记》《石渠记》《石涧记》《小石城山记》。

2. 孙昌武. 柳宗元评传[M]. 南京:南京大学出版社,1998.

3. 雅瑟. 唐宋八大家散文鉴赏大全集[M]. 北京:新世界出版社,2011.

4. 林非. 中国散文大辞典[M]. 郑州:中州古籍出版社,1997.

六国论[1]

苏洵

六国破灭,非兵不利,战不善,弊在赂秦[2]。赂秦而力亏,破灭之道也。或曰:六国互丧[3],率赂秦耶?曰:不赂者以赂者丧。盖失强援,不能独完[4]。故曰:弊在赂秦也。

秦以攻取之外,小则获邑,大则得城。较秦之所得,与战胜而得者,其实百倍;诸侯之所亡,与战败而亡者,其实亦百倍。则秦之所大欲,诸侯之所大患,固不在战矣。思厥[5]先祖父[6],暴霜露,斩荆棘,以有尺寸之地。子孙视之不甚惜,举以予人,如弃草芥。今日割五城,明日割十城,然后得一夕安寝;起视四境,而秦兵又至矣。然则诸侯之地有限,暴秦之欲无厌,奉之弥繁,侵之愈急,故不战而强弱胜负已判矣。至于颠覆,理固宜然。古人云:“以地事秦,犹抱薪救火,薪不尽,火不灭。”[7]此言得之。

齐人未尝赂秦,终继五国迁灭[8],何哉?与嬴[9]而不助五国也。五国既丧,齐亦不免矣。燕赵之君,始有远略,能守其土,义不赂秦,是故燕虽小国而后亡,斯用兵之效也。至丹以荆卿为计,始速祸焉[10]。赵尝五战于秦,二败而三胜。后秦击赵者再,李牧[11]连却之。洎牧以谗诛[12],邯郸为郡[13],惜其用武而不终也。且燕赵处秦革灭殆尽之际,可谓智力孤危,战败而亡,诚不得已。向使三国[14]各爱其地,齐人勿附于秦,刺客不行,良将犹在,则胜负之数,存亡之理,当与秦相较,或未易量。

呜呼!以赂秦之地封天下之谋臣,以事秦之心礼天下之奇才,并力西向[15],则吾恐秦人食之不得下咽也。悲夫!有如此之势,而为秦人积威之所劫[16],日削月割,以趋于亡。为国者无使为积威之所劫哉!

夫六国与秦皆诸侯,其势弱于秦,而犹有可以不赂而胜之之势。苟以天下之大[17],下而从六国破亡之故事[18],是又在六国下矣。

注释

[1]选自《嘉祐集》。《六国论》中的"六国",指战国七雄中除秦国以外的齐、楚、燕、韩、赵、魏六个国家。北宋自真宗景德年间与契丹订澶渊之盟后,每年给予契丹银十万两、绢二十万匹。宋仁宗庆历二年(1042年),契丹又派使者至宋,向宋朝索取晋阳及瓦桥以南十县之地,迫于压力,宋朝答应加岁币银十万两、绢十万匹给予契丹。庆历三年,西夏元昊上书请和,宋朝答应每年给西夏银十万两、绢十万匹、茶三万斤。

[2]赂秦:贿赂秦国。

[3]互丧:彼此都灭亡。互,交互,由此及彼。

[4]独完:独自保全。

[5]厥:其,指六国国君。

[6]先祖父:指去世的六国国君祖、父辈。

[7]"古人云"句:《史记·魏世家》载苏代谓魏安釐王曰:"且夫以地事秦,譬犹抱薪救火,薪不尽,火不灭。"

[8]迁灭:灭亡。古时一个国家破灭后,其传国重器都会被迁走,故称"迁灭"。

[9]与嬴:结交、亲附秦国。与,结交、亲附。嬴,指秦国,因秦王姓嬴,故以"嬴"指代秦国。

[10]"至丹"句:秦始皇二十年(公元前227年),燕太子丹派遣荆轲刺杀秦王未

能成功，反而激起秦王的大怒，发兵伐燕，次年攻下燕都。燕王喜逃往辽东，杀太子丹以平息秦愤。公元前222年，燕为秦所灭。

[11]李牧：赵国名将，封武安君。

[12]“洎牧”句：《史记·廉颇蔺相如列传》载：“赵王迁七年，秦使王翦攻赵，赵使李牧、司马尚御之。秦多与赵王宠臣郭开金，为反间，言李牧、司马尚欲反。赵王乃使赵葱及齐将颜聚代李牧。李牧不受命，赵使人微捕得李牧，斩之。废司马尚。后三月，王翦因急击赵，大破，杀赵葱，虏赵王迁及其将颜聚，遂灭赵。”洎，等到。

[13]邯郸为郡：邯郸变成秦国一个郡。邯郸，故址在今河北省邯郸市西南，当时是赵国国都。

[14]三国：楚、韩、魏三个与秦接壤的国家。

[15]并力西向：(六国)齐心协力向西(抗击秦国)。

[16]劫：胁迫。

[17]天下之大：暗指北宋朝的疆域。

[18]下而从六国破亡之故事：自取下策而重蹈六国灭亡的覆辙。下，自取下策；故事，旧事。

作家作品

苏洵(1009—1066年)，字明允，自号老泉，眉州眉山(今属四川眉山)人，北宋文学家，与其子苏轼、苏辙合称“三苏”，均被列入“唐宋八大家”。苏洵27岁时，始发愤为学，闭户读书，遂通六经、百家之说，下笔顷刻数千言。他长于散文，尤擅政论，议论明畅，笔势雄健。宋嘉祐年间，与二子轼、辙同至京师。欧阳修上其所著《权书》《衡论》等文章，士大夫争传之。经宰相韩琦推荐，被任命为秘书省校书郎。后与姚辟同修礼书《太常因革礼》，书成不久即卒。著有《嘉祐集》等。

苏洵对北宋屈辱苟安的政策十分不满，因此写下此文。本文以古讽今，告诫统治者如果像六国那样贪图苟安，必然会像六国那样最终走向覆亡。全文紧抓“弊在赂秦”这一中心，条理清晰，说理透辟，纵横恣肆，很好地体现了苏洵史论文宏大博辩的创作特色。

推荐书目

1. 曾枣庄，金成礼.嘉祐集笺注[M].上海：上海古籍出版社，1993.

2. 苏洵散文选[M].周振甫，译注.南京：江苏教育出版社，2006.

3. 雅瑟.唐宋八大家散文鉴赏大全集[M].北京：新世界出版社，2011.

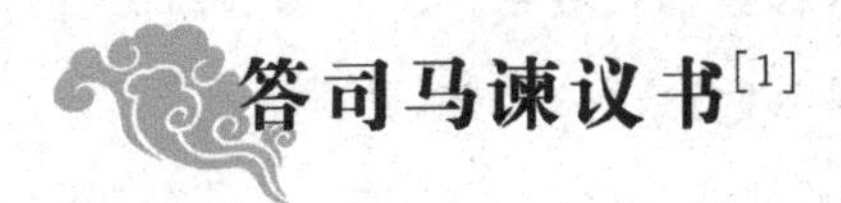

答司马谏议书[1]

王安石

某[2]启：昨日蒙教[3]，窃以为与君实游处[4]相好之日久，而议事每[5]不合，所操之术[6]多异故也。虽欲强聒，终必不蒙见察[7]，故略上报[8]，不复一一自辨[9]。重念[10]蒙君实视遇[11]厚，于反复[12]不宜卤莽，故今具道所以[13]，冀君实或见恕也。

盖儒者所争，尤在于名实[14]，名实已明，而天下之理得矣[15]。今君实所以见教者，以为侵官、生事、征利、拒谏[16]，以致天下怨谤也。某则以谓[17]：受命于人主，议法度而修之于朝廷，以授之于有司[18]，不为[19]侵官；举[20]先王之政，以兴利除弊，不为生事；为天下理财，不为征利；辟邪说，难壬人[21]，不为拒谏。至于怨诽之多，则固前[22]知其如此也。

人习于苟且[23]非一日，士大夫多以不恤[24]国事、同俗自媚于众[25]为善，上乃欲变此，而某不量敌之众寡，欲出力助上以抗之，则众何为而不汹汹然[26]？盘庚之迁[27]，胥怨[28]者民也，非特[29]朝廷士大夫而已；盘庚不为怨者故改其度[30]，度义而后动[31]，是[32]而不见可悔[33]故也。如君实责我以在位久，未能助上大有为，以膏泽斯民[34]，则某知罪矣；如曰今日当一切不事事[35]，守前所为而已，则非某之所敢知。

无由会晤，不任区区向往之至[36]！

注释

[1]选自《临川先生文集》。司马谏议,指司马光(1019—1086年),字君实,陕州夏县(今属山西)人,北宋政治家、史学家、文学家。当时司马光任右谏议大夫,写信反对王安石变法,本文是王安石的回信。

[2]某:草稿中用以代指本人名字。

[3]蒙教:承蒙您赐教(指来信)。蒙,受。

[4]游处(chǔ):同游共处、交往。

[5]每:常常。

[6]所操之术:所持的政治主张。操,持。术,方法、主张。

[7]不蒙见察:不能被(您)理解。

[8]故略上报:所以只简单地给您回信。司马光因反对新法,曾三次给王安石写信,其中第一封长达三千字。王安石收到信后曾写了一封短信回复。即此处说的"略上报"。

[9]辨:同"辩"。

[10]重(chóng)念:又想。

[11]视遇:看待、对待。

[12]反复:书信往返。

[13]具道所以:详细地说出我之所以这样做的理由。

[14]尤在于名实:特别在于名和实(是否相符)。

[15]天下之理得矣:天下的大道理就清楚了。

[16]侵官、生事、征利、拒谏:这都是司马光信上指责的话。意思是,王安石变法,添设新官,侵夺原来官吏的职权;派人到各地推行新法,生事扰民;设法生财,与民争利;朝中有反对的意见,拒不接受。征,求。

[17]以谓:以为、认为。

[18]受命于人主,议法度而修之于朝廷,以授之于有司:从皇帝那里接受命令,议订法令制度,又在朝廷上修正,把它交给负有专责的官吏(去执行)。人主,君主。

[19]不为：不能算是。

[20]举：施行。

[21]辟邪说，难(nàn)壬人：批驳不正确的言论，排斥巧辩的佞人。辟，批驳。难，排斥。壬人，善于巧言献媚、惑众取宠的人。

[22]前：预先。

[23]苟且：得过且过，没有长远打算。

[24]恤：顾念、考虑。

[25]同俗自媚于众：附和世俗的见解，向众人献媚讨好。

[26]汹汹然：大吵大闹的样子。

[27]盘庚之迁：商王盘庚为了巩固统治、避免自然灾害，将国都迁到殷(今河南安阳)。

[28]胥怨：相怨，指百姓对上位者的怨恨。

[29]非特：不仅。

[30]度(dù)：计划。

[31]度(duó)义而后动：考虑适宜就行动。义，适宜。

[32]是：认为正确。

[33]可悔：值得反悔的地方。

[34]膏泽斯民：施恩惠给人民。

[35]不事事：不做事，无所作为。前一个"事"是动词，办事。

[36]无由会晤，不任区区向往之至：没有缘由见面，内心不胜仰慕至极。这是古代书信的套语。不任，不胜。区区，小，用作自称的谦辞。

作家作品

王安石(1021—1086年)，字介甫，号半山，抚州临川(今江西省抚州市)人，北宋时期政治家、文学家、思想家、改革家。

庆历二年(1042年)，王安石进士及第，历任扬州签判、鄞县知县、舒州通判等职，政绩显著。熙宁二年(1069年)，被宋神宗升为参知政事，次年拜相，主持变法。

因守旧派反对，熙宁七年(1074 年)罢相。一年后，被神宗再次起用，旋即又罢相，退居江宁。元祐元年(1086 年)，保守派得势，新法皆废，王安石郁然病逝于钟山，享年 66 岁。累赠为太傅、舒王，谥号“文”，世称王文公。

王安石潜心研究经学，著书立说，创“荆公新学”，促进宋代疑经变古学风的形成。在哲学上，他用“五行说”阐述宇宙生成，丰富和发展了中国古代朴素唯物主义思想；其哲学命题“新故相除”，把中国古代辩证法推到一个新的高度。

在文学上，王安石具有突出成就。其散文简洁峻切，短小精悍，论点鲜明，逻辑严密，有很强的说服力，充分发挥了古文的实际功用；其诗“学杜得其瘦硬”，擅长于说理与修辞，晚年诗风含蓄深沉，以丰神远韵的风格在北宋诗坛自成一家，世称“王荆公体”；其词写物咏怀吊古，意境空阔苍茫，形象淡远纯朴。有《临川集》等著作存世。

推荐书目

1. 徐涛. 王安石诗歌研究史稿(两宋时期)[M]. 北京：中华书局，2021.

2. 刘子健. 宋代中国的改革：王安石及其新政[M]. 张钰翰，译. 上海：上海人民出版社，2021.

石钟山记[1]

苏轼

《水经》云：“彭蠡[2]之口有石钟山焉。”郦元[3]以为下临深潭，微风鼓[4]浪，水石相搏，声如洪钟。是说也，人常疑之。今以钟磬[5]置水中，虽大风浪不能鸣也，而况石乎！至唐李渤[6]始访其遗踪[7]，得双石于潭上，扣而聆之，南声函胡[8]，北音清越[9]，桴止响腾[10]，余韵徐歇[11]。自以为得之矣。然是说也，余尤疑之。石之铿然[12]有声者，所在皆是也，而此独以钟名，何哉？

元丰七年六月丁丑，余自齐安[13]舟行适临汝[14]，而长子迈将赴饶之德兴尉[15]，送之至湖口[16]，因得观所谓石钟者。寺僧使小童持斧，于乱石间择其一二扣之，硿硿焉[17]。余固笑而不信也。至莫夜月明，独与迈乘小舟，至绝壁下。大石侧立千尺，如猛兽奇鬼，森然[18]欲搏人；而山上栖鹘[19]，闻人声亦惊起，磔磔[20]云霄间；又有若老人咳且笑于山谷中者，或曰此鹳鹤[21]也。余方心动[22]欲还，而大声发于水上，噌吰[23]如钟鼓不绝。舟人大恐。徐而察之，则山下皆石穴罅[24]，不知其浅深，微波入焉，涵澹澎湃[25]而为此也。舟回至两山间，将入港口，有大石当中流[26]，可坐百人，空中[27]而多窍，与风水相吞吐，有窾坎镗鞳[28]之声，与向之噌吰者相应，如乐作焉。因笑谓迈曰："汝识之乎[29]？噌吰者，周景王之无射[30]也；窾坎镗鞳者，魏庄子之歌钟[31]也。古之人不余欺也[32]！"

事不目见耳闻，而臆断其有无，可乎？郦元之所见闻，殆与余同，而言之不详；士大夫终不肯以小舟夜泊绝壁之下，故莫能知；而渔工水师虽知而不能言。此世所以不传也[33]。而陋者乃以斧斤考击而求之，自以为得其实。余是以记之，盖叹郦元之简，而笑李渤之陋也。

注释

[1]选自《苏轼文集》。宋神宗元丰七年(1084年)六月，苏轼由黄州团练副使调任汝州(今属河南)团练副使时，顺便送他的长子苏迈到饶州德兴(今属江西)任县尉，途经湖口县，游览了石钟山，写了这篇文章。石钟山，在今江西湖口鄱阳湖东岸，有南、北二山，在县城南边的叫上钟山，在县城北边的叫下钟山。关于其得名原因，明代有人认为，"盖全山皆空，如钟覆地，故得钟名"。今人经过考察，认为石钟山之所以得名，是因为它既具有钟之"声"，又具有钟之"形"。

[2]彭蠡：鄱阳湖的别称。

[3]郦元：郦道元，《水经注》的作者。

[4]鼓：激荡、掀动。

[5]磬：古代打击乐器，形状像曲尺，用玉或石制成。

[6]李渤：唐代洛阳人，写过一篇《辨石钟山记》。

[7]遗踪：旧址、陈迹。这里指所在地。

[8]南声函胡：南边那块山石的声音重浊模糊。函胡，同“含糊”。

[9]北音清越：北边那块山石的声音清脆悠扬。清越，清脆悠扬。

[10]桴(fú)止响腾：鼓槌停止了(敲击)，声音还在传播。腾，传播。

[11]余韵徐歇：余音慢慢消失。韵，声音。

[12]铿然：形容敲击金石发出的响亮的声音。

[13]齐安：在今湖北黄冈。齐安是黄州所在旧郡名。

[14]临汝：汝州的旧称。

[15]饶之德兴尉：饶州德兴县的县尉。

[16]湖口：县名，今属江西。

[17]硿(kōng)硿焉：硿硿地发出响声。

[18]森然：阴森的样子。

[19]栖鹘(hú)：宿巢的隼。鹘，隼的旧称。

[20]磔(zhé)磔：鸟鸣声。

[21]鹳鹤：水鸟，似鹤而顶不红，颈和嘴都比鹤长，夜宿高树。

[22]心动：内心惊恐。

[23]噌(chēng)吰(hóng)：形容钟鼓的声音。

[24]罅(xià)：裂缝。

[25]涵澹澎湃：(波浪)激荡冲击。涵澹，水波动荡。

[26]中流：江河水流中央。

[27]空中：中间是空的。

[28]窾(kuǎn)坎镗(tāng)鞳(tà)：窾坎，击物声；镗鞳，钟鼓声。

[29]汝识之乎：你知道吗？

[30]周景王之无射(yì)：《国语·周语下》记载，周景王曾命铸造“无射”。无射，钟名。

[31]魏庄子之歌钟：《左传·襄公十一年》记载，鲁襄公十一年(前562年)，郑人以歌钟和其他乐器献给晋侯，晋侯分一半赐给晋大夫魏绛。魏庄子，魏绛谥“庄”，故名。歌钟，古乐器。

[32]古之人不余欺也：古代的人（称这山为“石钟山”）没有欺骗我啊！不余欺，即“不欺余”。

[33]此世所以不传也：这就是世上没有流传（石钟山得名由来）的缘故。

作家作品

苏轼（1037—1101 年），字子瞻，一字和仲，号铁冠道人、东坡居士，世称苏东坡、苏仙、坡仙，眉州眉山（今四川眉山）人，北宋文学家、书法家、画家。

嘉祐二年（1057 年），苏轼参加殿试中乙科，赐进士及第，一说赐进士出身。嘉祐六年（1061 年），应中制科入第三等，授大理评事、签书凤翔府判官。宋神宗时曾在杭州、密州、徐州、湖州等地任职。元丰三年（1080 年），因“乌台诗案”被贬为黄州团练副使。宋哲宗即位后任翰林学士、侍读学士、礼部尚书等职，并出知杭州、颍州、扬州、定州等地，晚年因新党执政被贬惠州、儋州。宋徽宗时获大赦北还，途中于常州病逝。宋高宗时追赠太师；宋孝宗时追谥“文忠”。

苏轼是北宋中期的文坛领袖，在诗、词、文、书、画等方面均取得很高成就。诗题材广阔，清新豪健，善用夸张比喻，独具风格，与黄庭坚并称“苏黄”；词开豪放一派，与辛弃疾同是豪放派代表，并称“苏辛”；散文著述宏富，豪放自如，与欧阳修并称“欧苏”，为“唐宋八大家”之一。苏轼善书，为“宋四家”之一；擅长文人画，尤擅墨竹、怪石、枯木等。

苏辙评价其兄曰：其于人，见善称之，如恐不及；见不善斥之，如恐不尽；见义勇于敢为，而不顾其害。用此数困于世，然终不以为恨。（《亡兄子瞻端明墓志铭》）

王士禛说：汉魏以来，二千余年间，以诗名其家者众矣。顾所号为仙才者，唯曹子建、李太白、苏子瞻三人而已。（《带经堂诗话》）

作品有《东坡七集》《东坡易传》《东坡乐府》《潇湘竹石图》《枯木怪石图》等。

推荐书目

1. 林语堂. 苏东坡传[M]. 长沙:湖南文艺出版社,2016.

2. 苏东坡诗词[M]. 北京:中华书局,2021.

3. 吕远洋. 人间有味是清欢:苏东坡的诗词人生[M]. 南京:江苏凤凰文艺出版社,2018.

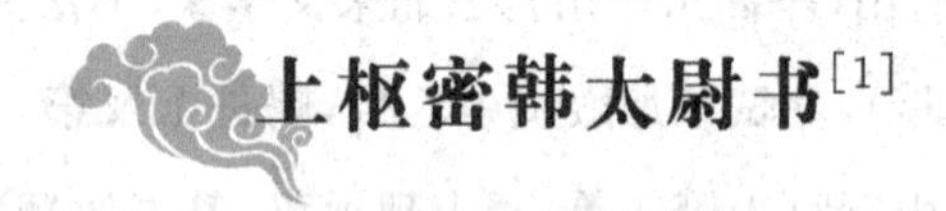

上枢密韩太尉书[1]

苏辙

太尉执事[2]:辙生好为文,思之至深。以为文者气之所形,然文不可以学而能,气可以养而致[3]。孟子曰:"我善养吾浩然之气[4]。"今观其文章,宽厚宏博,充乎天地之间,称[5]其气之小大。太史公行天下,周览四海名山大川,与燕、赵间豪俊交游,故其文疏荡[6],颇有奇气[7]。此二子者,岂尝[8]执笔学为如此之文哉?其气充乎其中而溢乎其貌,动乎其言而见乎其文[9],而不自知也。

辙生十有九年矣。其居家所与游[10]者,不过其邻里乡党[11]之人;所见不过数百里之间,无高山大野可登览以自广;百氏之书,虽无所不读,然皆古人之陈迹,不足以激发其[12]志气。恐遂汩没[13],故决然舍去,求天下奇闻壮观,以知天地之广大。过秦、汉之故都,恣观[14]终南、嵩、华之高,北顾[15]黄河之奔流,慨然想见[16]古之豪杰。至京师,仰观天子宫阙之壮,与仓廪、府库、城池、苑囿之富且大也,而后知天下之巨丽[17]。见翰林欧阳公,听其议论之宏辩[18],观其容貌之秀伟[19],与其门人贤士大夫游,而后知天下之文章聚乎此也。太尉以才略冠天下,天下之所恃以无忧[20],四夷之所惮以不敢发[21],入则周公[22]、召公[23],出则方叔、召虎[24]。而辙也未之见焉。

且夫人之学也,不志其大,虽多而何为[25]?辙之来也,于山见终南、嵩、华之高,于水见黄河之大且深,于人见欧阳公,而犹以为未见太尉也[26]。故愿得观贤人之光耀,闻一言以自壮[27],然后可以尽天下之大观而无憾者矣。

辙年少，未能通习吏事[28]。向[29]之来，非有取于斗升之禄[30]，偶然得之，非其所乐。然幸得赐归待选[31]，使得优游[32]数年之间，将以益治其文，且学为政。太尉苟以为可教而辱教之[33]，又幸矣！

注释

[1]此文是苏辙19岁时写给韩琦的信，选自《栾城集》。枢密韩太尉(即韩琦)，当时任掌管军事大权的枢密使。“太尉”，秦、汉时官名，掌兵权。枢密使相当于太尉，所以称韩琦为太尉。作者写这封信的目的，是希望得到韩琦的接见。

[2]执事：对对方的敬称。

[3]文者气之所形，然文不可以学而能，气可以养而致：文章是气的外在表现，然而文章不能单靠学就能写好，气却可以靠加强修养得到。

[4]浩然之气：正大刚直的气质。

[5]称：相称、符合。

[6]疏荡：洒脱而不拘束。

[7]奇气：奇特的气概。

[8]岂尝：难道、曾经。

[9]其气充乎其中而溢乎其貌，动乎其言而见乎其文：精神气质充满在他们的胸中，洋溢在他们的外貌上，反映在他们的言辞里，表现在他们的文章中。

[10]游：交往。

[11]乡党：乡里。

[12]其：我。

[13]遂汩(gǔ)没：因而埋没。

[14]恣观：尽情观赏。

[15]顾：看到。

[16]慨然想见：感慨地想到。

[17]巨丽：极其美好。

[18]宏辩：宏伟善辩。

[19]秀伟:秀美魁梧。

[20]以才略冠天下,天下之所恃以无忧:凭借才能谋略天下第一,全国人依靠您可以无忧无虑。

[21]四夷之所惮以不敢发:四方夷人害怕您才不敢作乱。

[22]周公:姬姓,名旦,是周文王姬昌第四子,周武王姬发的弟弟,曾辅佐周武王东伐纣王,并制作礼乐。

[23]召公:姬奭,生卒年不详,又称召伯、召康公、召公奭,西周宗室大臣,与周武王、周公旦同辈。

[24]方叔、召虎:同为周宣王之卿士。“方叔元老,克壮其犹”,此事载于《诗经·小雅·采芑》;“式辟四方,彻我疆土”,此则载于《诗经·大雅·江汉》。后世之典籍,常将二人并称“方召”,以指国之重臣。故本文将方、召并举。

[25]不志其大,虽多而何为:没有立下大志,即使学得多又有什么用。

[26]而犹以为未见太尉也:却还是因为没有见到太尉(感到遗憾)。

[27]闻一言以自壮:听到您的一句话来激励自己。

[28]通习吏事:通晓官吏的业务。

[29]向:先前。

[30]斗升之禄:微薄的俸禄。

[31]赐归待选:朝廷允许回乡等待朝廷的选拔。

[32]优游:从容闲暇。

[33]辱教之:屈尊教导我。

作家作品

苏辙(1039—1112年),字子由,一字同叔,晚号颍滨遗老,眉州眉山人,北宋时期文学家,“唐宋八大家”之一。

嘉祐二年(1057年),苏辙登进士第,初授试秘书省校书郎、商州军事推官。宋神宗时,因反对王安石变法,出为河南留守推官。此后随张方平、文彦博等人历职地方。宋哲宗即位后,入朝历官御史中丞、尚书右丞、门下侍郎等职,位列执政。宋哲宗亲政后，因上书谏事而被贬知汝州，连谪数处。宰相蔡京掌权时，再降朝请大夫，遂以太中大夫致仕，筑室于许州。政和二年(1112 年)，苏辙去世，追复端明殿学士、宣奉大夫。宋高宗时累赠太师、魏国公，宋孝宗时追谥“文定”。

苏辙与父亲苏洵、兄长苏轼齐名，合称“三苏”。其生平学问深受其父兄影响，以散文著称，擅长政论和史论，苏轼称其散文“汪洋澹泊，有一唱三叹之声，而其秀杰之气终不可没”。其诗力图追步苏轼，风格淳朴无华，文采稍逊。苏辙亦善书，其书法潇洒自如，工整有序。苏辙著有《栾城集》等行于世。

推荐书目

1. 东方慧子. 儒雅学士苏辙[M]. 武汉：武汉大学出版社，2015.

2. 唐宋名家文集·苏辙集[M]. 何新所，注译. 郑州：中州古籍出版社，2010.

3. 曾枣庄. 苏辙评传[M]. 成都：巴蜀书社，2018.

研讨与练习

1. 请从《师说》《六国论》两篇中任选一篇，画出其论证脉络的思维导图。

2. 你认为《师说》《六国论》两篇中的哪篇论证最为严密，哪篇情感最为丰富，请结合原文阐释理由。

3.《种树郭橐驼传》直到今天依然有强烈的现实意义，请以“种树郭橐驼的当下意义”为题写篇不少于 600 字的文章，表达你的观点。

4. 王安石被称为中国 11 世纪的改革家，从《答司马谏议书》中可以看出王安石的哪些品格？如果王安石被评为世纪改革家，请你结合《答司马谏议书》的内容，给他写段不多于 100 字的颁奖词。

5. 如果要做一篇“说求学”的论文，请分别从《师说》《石钟山记》《上枢密韩太尉书》中各提炼出一个观点。

6. 读了这六篇唐宋八大家的散文，你认为这些文章能流传千古的原因有哪些？

7. 背诵《师说》《种树郭橐驼传》《六国论》《答司马谏议书》《石钟山记》。

第七课

魏晋唐宋序表选读

陈情表[1]

李密

臣密言：臣以险衅[2]，夙遭闵凶[3]。生孩六月，慈父见背[4]；行年四岁，舅夺母志[5]。祖母刘愍臣孤弱，躬亲抚养。臣少多疾病，九岁不行，零丁孤苦，至于成立[6]。既无叔伯，终鲜兄弟，门衰祚薄，晚有儿息[7]。外无期功强近之亲[8]，内无应门五尺之僮[9]，茕茕孑立[10]，形影相吊[11]。而刘夙婴[12]疾病，常在床蓐[13]，臣侍汤药，未曾废离[14]。

逮奉圣朝，沐浴清化[15]。前太守[16]臣逵，察臣孝廉[17]；后刺史[18]臣荣，举臣秀才[19]。臣以供养无主，辞不赴命。诏书特下，拜[20]臣郎中，寻[21]蒙国恩，除[22]臣洗马[23]。猥[24]以微贱，当侍东宫[25]，非臣陨首[26]所能上报。臣具以表闻，辞不就职。诏书切峻[27]，责臣逋慢[28]；郡县逼迫，催臣上道；州司[29]临门，急于星火。臣欲奉诏奔驰，则刘病日笃[30]；欲苟顺[31]私情，则告诉不许。臣之进退，实为狼狈。

伏惟[32]圣朝以孝治天下，凡在故老[33]，犹蒙矜育[34]，况臣孤苦，特为尤甚。且臣少仕伪朝[35]，历职郎署[36]，本图宦达，不矜[37]名节。今臣亡国贱俘，至微至陋，过蒙拔擢，宠命优渥[38]，岂敢盘桓，有所希冀！但以刘日薄西山，气息奄奄，人命危浅，朝不虑夕。臣无祖母，无以至今日；祖母无臣，无以终余年。母孙二人，更相为命，是以区区[39]不能废远。臣密今年四十有四，祖母刘今年九十有六，是臣尽节于陛下[40]之日长，报养刘之日短也。乌鸟私情[41]，愿乞终养。

臣之辛苦，非独蜀之人士及二州牧伯所见明知[42]，皇天后土[43]，实所共鉴，愿陛下矜愍愚诚[44]，听[45]臣微志，庶刘侥幸，保卒余年。臣生当陨首，死当结草[46]。臣不胜犬马[47]怖惧之情，谨拜表以闻。

注释

[1]选自梁萧统《文选》。

[2]险衅(xìn)：厄运凶兆，指命运坎坷。衅，征兆。

[3]夙遭闵凶：很早就遭遇了不幸。夙，早，指幼时。闵，同“悯”，忧伤。

[4]背：背弃，指死亡。

[5]舅夺母志：指舅父侵夺了李密母亲守节的志向。

[6]成立：成人自立。

[7]儿息：儿子。

[8]期功强近之亲：服丧一年称“期”，九月称“大功”，五月称“小功”，指比较亲近的亲戚。古代丧礼制度以亲属关系的亲疏规定服丧时间的长短。

[9]应门五尺之僮：指照管客来开门等事的小童。应，照应。

[10]茕(qióng)茕孑(jié)立：生活孤单无靠。

[11]吊：安慰。

[12]婴：纠缠。

[13]蓐(rù)：通“褥”，褥子。

[14]废离：废养而远离。

[15]清化：清明的政治教化。

[16]太守：郡的地方长官。

[17]察臣孝廉：推举臣为孝廉。察，考察。这里是推举的意思。孝廉，当时推

举人才的一种科目。“孝”指孝顺父母,“廉”指品行廉洁。

[18]刺史:州的地方军政长官。

[19]秀才:当时地方推举优秀人才的一种科目,由州推举,与后来经过考试的秀才不同。

[20]拜:授官。

[21]寻:不久。

[22]除:任命官职。

[23]洗(xiǎn)马:官名,太子的属官,在宫中服役,掌管图书。

[24]猥(wěi):辱,自谦之词。

[25]东宫:太子居住的地方。这里指太子。

[26]陨(yǔn)首:丧命。

[27]切峻:急切严厉。

[28]逋(bū)慢:回避怠慢。

[29]州司:州官。

[30]日笃:日益沉重。

[31]苟顺:姑且迁就。

[32]伏惟:趴在地上想。旧时奏疏、书信中下级对上级常用的敬语。

[33]故老:遗老。

[34]矜育:怜惜抚育。

[35]伪朝:蜀汉。

[36]历职郎署:曾在蜀汉官署中担任过郎官职务。

[37]矜:矜持爱惜。

[38]优渥(wò):优厚。

[39]区区:形容感情恳切。

[40]陛下:对帝王的尊称。

[41]乌鸟私情:相传乌鸦能反哺,所以常用来比喻子女对父母的孝养之情。

[42]非独蜀之人士及二州牧伯所见明知:并不仅仅被蜀地的百姓及益州、梁州的长官所看所知。二州,指益州、梁州。益州治所在今四川省成都市,梁州治所在

今陕西省勉县东，二州区域大致相当于蜀汉所统辖的范围。牧伯，刺史。古代一州的长官称牧，又称方伯，所以后代以牧伯称刺史。

[43]皇天后土：犹言天地神明。

[44]愚诚：愚拙的至诚之心。

[45]听：同意。

[46]结草：《左传·宣公十五年》记载，晋国大夫魏武子临死的时候，嘱咐他的儿子魏颗，把他的宠妾杀死以后殉葬。魏颗没有照他父亲说的话做。后来魏颗跟秦国的杜回作战，看见一个老人把草打了结把杜回绊倒，杜回因此被擒。到了晚上，魏颗梦见结草的老人，他自称是没有被杀死的魏武子宠妾的父亲。后来就把"结草"用来作为报答恩人心愿的表示。

[47]犬马：作者自比，表示谦卑。

作家作品

李密(224—287年)，字令伯，一名虔，犍为武阳(今四川省眉山市彭山区)人。幼年丧父，母亲改嫁，由祖母刘氏抚养成人，以对祖母孝敬甚笃而名扬乡里。师事当时著名学者谯周，博览五经，尤精于《左传》。初仕蜀汉为尚书郎，为人正直，颇有才干。蜀汉亡，晋武帝为了巩固新政权，笼络蜀汉旧臣人心，召其为太子洗马。李密上表陈情，以祖母年老多病、无人供养而力辞。祖母去世后，方出任太子洗马，迁汉中太守。后被谗免官，卒于家中。著有《述理论》十篇，不传世。《华阳国志》《晋书》均有李密传。

《陈情表》是李密写给晋武帝的一篇奏章，文章叙述了祖母抚育自己的大恩及自己应报养祖母的大义。除感谢朝廷知遇之恩外，又倾诉自己不能从命的苦衷，文章真情流露，委婉畅达。相传晋武帝看了此表后也很受感动，特赏赐给李密奴婢二人，并命郡县按时给其祖母供给。该文被认定为中国文学史上抒情文的代表作之一。

表是古代臣子写给君主的一种文体，表述对君主的忠诚和希望及陈说政治理想，在议论和叙事上往往带有强烈的抒情色彩。

推荐书目

林非.中国散文大辞典[M].郑州:中州古籍出版社,1997.

兰亭集序[1]

王羲之

永和九年,岁在癸丑,暮春之初[2],会于会稽[3]山阴[4]之兰亭,修禊事[5]也。群贤毕至[6],少长咸集[7]。此地有崇山峻岭,茂林修竹[8],又有清流激湍[9],映带左右[10]。引以为流觞[11]曲水[12],列坐其次[13],虽无丝竹管弦[14]之盛,一觞一咏[15],亦足以畅叙幽情[16]。是日也,天朗气清,惠风[17]和畅,仰观宇宙之大,俯察品类之盛[18],所以游目骋怀[19],足以极视听之娱[20],信[21]可乐也。

夫人之相与,俯仰一世[22],或取诸怀抱,悟言一室之内[23];或因寄所托,放浪形骸之外[24]。虽趣舍万殊[25],静躁[26]不同,当其欣于所遇[27],暂得于己[28],快然[29]自足,曾[30]不知老之将至[31];及其所之既倦[32],情随事迁[33],感慨系之[34]矣。向[35]之所欣,俯仰之间,已为陈迹,犹不能不以之兴怀[36]。况修短随化[37],终期于尽[38]。古人云:"死生亦大矣[39]。"岂不痛哉!

每览昔人兴感之由,若合一契[40],未尝不临文嗟悼[41],不能喻之于怀[42]。固知一死生为虚诞,齐彭殇为妄作[43]。后之视今,亦犹今之视昔,悲夫!故列叙时人[44],录其所述[45],虽世殊事异[46],所以兴怀,其致一也[47]。后之览者[48],亦将有感于斯文[49]。

注释

[1]兰亭集序:行书法帖。历代书家都推其为"行书第一"。

[2]暮春之初:阴历三月初。暮春,春季的末一个月。

[3]会稽：郡名，在现在浙江北部和江苏东南部一带。

[4]山阴：当时的县名，现在浙江绍兴。

[5]禊事：古代的一种风俗，到水边洗濯(zhuó)嬉游，并举行祈福消灾的仪式。禊，一种祭礼，古时以三月上旬的“巳”日为修禊日；魏以后用三月三日，不再用“巳”日。

[6]群贤毕至：众多贤才都会聚在这里。群贤，指孙绰、谢安、支遁等人。毕至，全到。

[7]少长咸集：年龄大的和小的都聚集在这里。少长，如王羲之的儿子王凝之、王徽之是少，谢安、王羲之等是长。咸，都。

[8]修竹：高高的竹子。

[9]激湍：流势很急的水。

[10]映带左右：环绕在亭子的四周。映带，映衬、围绕。

[11]流觞：把盛酒的杯浮在水面从上游放出，循曲水而下，流到谁的面前，谁就取来饮酒。觞，酒杯。

[12]曲水：引水环曲为渠，以流酒杯。

[13]列坐其次：列坐在曲水之旁。列坐，排列而坐。次，旁边、水边。

[14]丝竹管弦：都是乐器。

[15]一觞一咏：饮酒作诗。

[16]幽情：幽深内藏的感情。

[17]惠风：和风。

[18]品类之盛：万物繁多。品类，指自然界的万物。

[19]所以游目骋怀：借以舒展眼力，开畅胸怀。所以，这里是“用来”的意思。骋，奔驰。

[20]极视听之娱：极尽视听的乐趣。极，穷尽。

[21]信：实在。

[22]夫人之相与，俯仰一世：人与人相交往，很快度过一生。夫，助词。相与，相处、相交往。俯仰，一俯一仰之间，表示时间短暂。

[23]取诸怀抱,悟言一室之内:在室内畅谈自己的胸怀抱负。悟言,坦诚交谈。

[24]因寄所托,放浪形骸之外:就着自己所爱好的事物,寄托自己的情怀,不受约束,放纵无羁地生活。

[25]趣舍万殊:意思是各有各的爱好。趣,通"取"。舍,舍弃。万殊,千差万别。

[26]静躁:安静与躁动。

[27]欣于所遇:对所接触的事物感到高兴。

[28]暂得于己:一时感到自得。暂,短暂、一时。

[29]快然:感到高兴和满足。

[30]曾:乃、竟。

[31]不知老之将至:不知道衰老将要到来。

[32]所之既倦:(对于)所喜爱或得到的事物已经厌倦。

[33]情随事迁:感情随着事物的变化而变化。

[34]感慨系之:感慨随着产生。系,附着。

[35]向:过去、以前。

[36]以之兴怀:因它而引起心中的感触。兴,发生。

[37]修短随化:寿命长短,听凭造化。化,指自然。

[38]终期于尽:最后必然都要消亡。

[39]死生亦大矣:死生毕竟是件大事啊。

[40]若合一契:像符契那样相合(意思是感触相同)。契,用木或竹刻成,分成两半,合在一起为凭验。

[41]临文嗟悼:读古人文章时叹息哀伤。临,面对。

[42]不能喻之于怀:不能明白于心。看到古人对死生发生感叹的文章,就为此悲伤感叹,也说不出是什么原因。喻,明白。

[43]固知一死生为虚诞,齐彭殇为妄作:本来知道把死和生等同起来的说法是不真实的,把长寿和短命等同起来的说法是妄造的。一,把……看作一样。齐,把……看作相等。虚诞,虚妄荒诞的话。彭,彭祖。殇,未成年死去的人。妄作,妄造、胡说。一死生,齐彭殇,都是庄子的看法。

[44]列叙时人：一个一个记下当时与会的人。

[45]录其所述：录下他们所作的诗。

[46]虽世殊事异：纵使时代变了，事情不同了。

[47]其致一也：人们的思想情趣是一样的。

[48]后之览者：后世的读者。

[49]斯文：这次集会的诗文。

作家作品

王羲之(303—361年)，字逸少，祖籍琅琊(今山东临沂)。父王旷，历任丹阳太守、淮南内史、淮南太守。伯父王导，历事元帝、明帝、成帝三朝，出将入相，官至太傅。羲之幼时不善于言辞，长大后却辩才出众，性格耿直，享有美誉。晋太尉郗鉴招为女婿，“袒腹东床”的典故就出于王羲之(《世说新语・雅量》)。朝廷公卿看重王羲之的才器，屡屡召举为官，他都辞谢。后历任秘书郎、江州刺史、会稽太守，累迁右军将军，人称“王右军”。永和十一年(355年)，迁居于绍兴金庭。

东晋永和九年(353年)农历三月三日，王羲之同谢安、孙绰等人在绍兴兰亭修禊(一种祓除疾病和不祥的活动)时，众人饮酒赋诗，汇诗成集，羲之即兴挥毫作序，这便是著名的《兰亭集序》，记述了当时文人雅集的情景。作者因当时兴致高涨，写得十分得意，据说后来再写已不能逮。其中有二十多个“之”字，写法各不相同。宋代米芾称之为“天下第一行书”。

《兰亭集序》表现了王羲之书法艺术的最高境界。作者的气度、风神、襟怀、情愫，在这件作品中得到了充分表现。古人称王羲之的行草如“清风出袖，明月入怀”，应是绝妙的比喻。

推荐书目

林非.中国散文大辞典[M].郑州：中州古籍出版社，1997.

滕王阁序[1]

王勃

豫章[2]故郡，洪都[3]新府。星分翼轸[4]，地接衡[5]庐[6]。襟三江而带五湖[7]，控蛮荆[8]而引瓯越[9]。物华天宝，龙光射牛斗之墟[10]；人杰地灵，徐孺下陈蕃之榻[11]。雄州雾列，俊采[12]星驰，台隍枕夷夏之交，宾主尽东南之美。都督[13]阎公之雅望，棨戟[14]遥临；宇文[15]新州[16]之懿[17]范，襜帷[18]暂驻。十旬休暇[19]，胜友如云；千里逢迎，高朋满座。腾蛟起凤，孟学士之词宗[20]；紫电清霜，王将军之武库[21]。家君作宰，路出名区；童子何知，躬逢胜饯。

时维九月，序属三秋[22]。潦水[23]尽而寒潭清，烟光凝而暮山紫。俨[24]骖騑[25]于上路[26]，访风景于崇阿[27]。临帝子[28]之长洲，得仙人之旧馆。层台耸翠，上出重霄；飞阁流丹，下临无地。鹤汀[29]凫渚[30]，穷岛屿之萦回；桂殿兰宫，列冈峦之体势。披绣闼[31]，俯雕甍[32]，山原旷其盈视，川泽盱其骇瞩。闾阎[33]扑地，钟鸣鼎食[34]之家；舸[35]舰迷津，青雀黄龙[36]之舳[37]。虹销雨霁，彩彻区明[38]。落霞与孤鹜齐飞，秋水共长天一色。渔舟唱晚，响穷[39]彭蠡[40]之滨；雁阵惊寒，声断衡阳[41]之浦。

遥襟俯[42]畅，逸兴遄[43]飞。爽籁[44]发而清风生，纤歌凝而白云遏[45]。睢园[46]绿竹，气凌彭泽[47]之樽[48]；邺水[49]朱华，光照临川[50]之笔。四美[51]具，二难[52]并。穷睇眄于中天，极娱游于暇日[53]。天高地迥[54]，觉宇宙之无穷；兴尽悲来，识盈虚[55]之有数[56]。望长安于日下[77]，指[58]吴会于云间。地势极而南溟[59]深，天柱高而北辰[60]远。关山难越，谁悲失路之人？萍水相逢，尽是他乡之客。怀帝阍[61]而不见，奉宣室[62]以何年？

嗟乎！时运不济，命运多舛[63]。冯唐易老，李广难封[64]。屈贾谊[65]于长沙，非无圣主；窜梁鸿[66]于海曲，岂乏明时[67]。所赖君子安贫，达人知命[68]。老当益壮[69]，宁移白首之心？穷且益坚，不坠青云之志。酌贪泉[70]而觉爽，处涸辙以犹欢[71]。北海虽赊[72]，扶摇[73]可接[74]；东隅[75]已逝，桑榆[76]非晚。孟尝[77]高洁，空余报国之情；阮籍[78]猖狂，岂效穷途之哭！

勃，三尺微命，一介书生[79]。无路请缨，等终军之弱冠[80]；有怀投笔，慕宗悫之长风[81]。舍簪笏[82]于百龄[83]，奉晨昏[84]于万里。非谢家之宝树[85]，接孟氏之芳邻。他日趋庭，叨陪鲤对[86]；今晨捧袂[87]，喜托龙门[88]。杨意不逢，抚凌云而自惜[89]；钟期既遇，奏流水以何惭[90]？

呜呼！胜地不常，盛筵难再。兰亭已矣，梓泽丘墟[91]。临别赠言，幸承恩于伟饯[92]；登高作赋，是所望于群公。敢竭鄙怀，恭疏短引[93]。一言均赋，四韵俱成。请洒潘江，各倾陆海云尔[94]：

滕王高阁临江渚，佩玉鸣鸾罢歌舞。

画栋朝飞南浦云，珠帘暮卷西山雨。

闲云潭影日悠悠，物换星移几度秋。

阁中帝子今何在？槛外长江空自流。

注释

[1]本文选自《王子安集注》。

[2]豫章：一作“南昌”。滕王阁在今江西省南昌市。

[3]洪都：汉豫章郡，唐改为洪州，设都督府。

[4]星分翼轸(zhěn)：古人习惯以天上星宿与地上区域对应。据《晋书·天文志》：豫章属吴地，吴越扬州当牛斗二星的分野，与翼轸二星相邻。翼、轸，星宿名。

[5]衡：衡山，此代指衡州(今湖南省衡阳市)。

[6]庐：庐山，此代指江州(今江西省九江市)。

[7]襟三江而带五湖：泛指长江中下游的江河。襟，以……为襟。带五湖，南方大湖的总称。带，以……为带。

[8]蛮荆：古楚地，今湖北、湖南一带。

[9]瓯越：古越地，即今浙江地区。

[10]物华天宝，龙光射牛斗之墟：《晋书·张华传》载，晋初，牛、斗二星之间常有紫气照射，据说是宝剑之精上彻于天。张华命人寻找，果然在丰城(今属江西丰

城)牢狱的地下,掘出龙泉、太阿二剑,后这对宝剑入水化为双龙。

[11]人杰地灵,徐孺下陈蕃之榻:据《后汉书·徐稚传》载,东汉名士陈蕃为豫章太守,不接宾客,唯有徐稚来访时才设一睡榻,徐稚去后又悬置起来。徐孺,徐孺子的省称。徐孺子,名稚,东汉豫章南昌人,当时隐士。

[12]俊采:人才。

[13]都督:掌管督察诸州军事的官员,唐代分上、中、下三等。

[14]棨戟:外有赤黑色缯作套的木戟,古代高官出行时用。这里指仪仗。

[15]宇文:复姓,名未详。

[16]新州:在今广东境内。

[17]懿:美好。

[18]襜(chān)帷:车上的帷幕,这里代指车马。

[19]十旬休暇:唐制十日为一旬,遇旬日则官员休沐,称为"旬休"。暇,一作"假"。

[20]腾蛟起凤,孟学士之词宗:《西京杂记》:"董仲舒梦蛟龙入怀,乃作《春秋繁露》词。"又:"(扬)雄著《太玄经》,梦吐凤凰集《玄》之上,顷而灭。"孟学士,名未详。

[21]紫电清霜,王将军之武库:《古今注》:"吴大皇帝(孙权)有宝剑六,一曰白虹,二曰紫电……"《西京杂记》:"高祖(刘邦)斩白蛇剑,刃上常带霜雪。"清,一作"青"。王将军,名未详。

[22]三秋:古人称七、八、九月分别为孟秋、仲秋、季秋,三秋即季秋。

[23]潦(liǎo)水:雨后的积水。

[24]俨(yǎn):昂首、昂头。

[25]骖(cān)騑(fēi):在服马两侧的马。后凡指驾车之马。

[26]上路:大路、通衢。

[27]崇阿(ē):高丘、高山。

[28]帝子:滕王李元婴。

[29]鹤汀:有鹤栖居的水中小洲。

[30]凫渚:野鸭栖息的水中小块陆地。

[31]绣闼:装饰华丽的门。

[32]雕甍:雕镂文采的殿亭屋脊。

[33]闾(lǘ)阎：里门，这里指房屋。

[34]钟鸣鼎食：古代贵族鸣钟列鼎而食，喻大家世族。

[35]舸：大船。

[36]青雀黄龙：船的装饰形状。

[37]舳：船尾把舵处，这里指船只。

[38]虹销雨霁，彩彻区明：雨过天晴，虹消云散，日光朗煦。虹，一作“云”。彩，日光。

[39]响穷：响遍。

[40]彭蠡：古代大泽，即今鄱阳湖。

[41]衡阳：今属湖南省。境内有回雁峰，相传秋雁到此就不再南飞，待春而返。

[42]畅：舒畅。

[43]遄：迅速、顿时。

[44]爽籁：管子参差不齐的排箫。一说清风激物之声。

[45]白云遏：形容音响优美，能驻行云。

[46]睢(suī)园：汉梁孝王在睢水旁修建的竹园。

[47]彭泽：县名，在今江西湖口县东。陶渊明曾官彭泽县令，世称陶彭泽。

[48]樽：酒器。

[49]邺水：在邺下(今河北省临漳县)。邺下是曹魏兴起的地方。

[50]临川：郡名，治所在今江西省抚州市。在此处指南朝宋谢灵运。谢灵运曾任临川内史，故称。

[51]四美：指良辰、美景、赏心、乐事。

[52]二难：指贤主、嘉宾难得。

[53]穷睇(dì)眄(miǎn)于中天，极娱游于暇日：意为极目而望，在暇日里尽情欢娱。穷，尽情、极尽。睇眄，斜视、顾盼。极娱，尽兴。

[54]迥：迥远、遥远。

[55]盈虚：盈盛与虚衰、兴盛与衰败。

[56]数：运数、机理、规律。

[57]望长安于日下：《世说新语·夙惠》：“晋明帝数岁，坐元帝膝上。有人从长

安来,元帝问洛下消息,潸然流涕。明帝问:何以致泣?具以东渡意告之,因问明帝:'汝意谓长安何如日远?'答曰:'日远,不闻人从日边来,居然可知。'元帝异之。明日集群臣宴会,告以此意,更重问之,乃答曰:'日近。'元帝失色曰:'尔何故异昨日之言邪?'答曰:'举目见日,不见长安。'"

[58]指:一作"目"。

[59]南溟:南方的大海。《神异经》:"昆仑之山,有铜柱焉。其高入天,所谓天柱也。"

[60]北辰:《论语·为政》:"为政以德,譬如北辰,居其所而众星共(拱)之。"

[61]帝阍(hūn):天帝的守门人。《离骚》:"吾令帝阍开关兮,倚阊阖而望予。"又借指天门,借指天帝的宫门。

[62]宣室:汉未央宫正殿,为皇帝召见大臣议事之处。

[63]舛(chuǎn):错乱、磨难,指命运坎坷。

[64]冯唐易老,李广难封:冯唐易衰老,李广难封侯。《史记·张释之冯唐列传》:"唐以孝著,为中郎署长,事文帝。……而拜唐为车骑都尉,主中尉及郡国车士。七年,景帝立,以唐为楚相,免。武帝立,求贤良,举冯唐。唐时年九十余,不能复为官。"李广,汉武帝时名将,多次与匈奴作战,军功卓著,却始终未获封侯。

[65]屈贾谊:贾谊在汉文帝时被贬为长沙王太傅。

[66]梁鸿:东汉人,因得罪章帝,避居齐鲁一带。

[67]明时:章帝时代。

[68]所赖君子安贫,达人知命:意为君子以平和的心态面对贫困,通达事理者知晓命运之数。安贫,一作"见机"。

[69]老当益壮:年纪大,但体力和精神更强健。《后汉书·马援列传》:"丈夫为志,穷当益坚,老当益壮。"

[70]贪泉:在广州,传说饮此水会贪得无厌。

[71]处涸辙以犹欢:处于涸辙之中,依然乐观。《庄子·外物》有鲋鱼在干涸的车辙中求活的寓言,比喻困厄的处境。

[72]赊(shē):遥远。

[73]扶摇:旋风。

[74]接：到达。

[75]东隅：日出处，表示早晨。

[76]桑榆：日落处，表示傍晚。

[77]孟尝：字伯周，东汉会稽上虞人，曾任合浦太守，以廉洁奉公著称，后因病隐居。桓帝时，虽有人屡次荐举，终不见用。

[78]阮籍：字嗣宗，晋代名士。《晋书·阮籍传》："时率意独驾，不由径路。车迹所穷，辄恸哭而反。"

[79]三尺微命，一介书生：指地位低下。三尺，士佩三尺长的绅（古代礼服上束带的下垂部分）。微命，身份卑微。一介，形容微小。

[80]无路请缨，等终军之弱冠：据《汉书·终军传》记载，汉武帝想让南越王归顺，派终军前往劝说，终军请求给他长缨，必缚住南越王，带回到皇宫门前。后来用请缨指代投军报国。弱冠，二十岁。古代以二十岁为弱年，行冠礼，为成年人。

[81]有怀投笔，慕宗悫（què）之长风：汉班超投笔从戎的故事，事见《后汉书·班超列传》。宗悫，字元干，南朝宋南阳人，年少时向叔父自述志向，云"愿乘长风破万里浪"，事见《宋书·宗悫传》。

[82]簪（zān）笏（hù）：冠簪，官吏用物，这里代指官职地位。

[83]百龄：百年，犹"一生"。

[84]奉晨昏：《礼记·曲礼上》："凡为人子之礼，冬温而夏凊，昏定而晨省。"

[85]非谢家之宝树：《世说新语·言语》：谢太傅（安）问诸子侄："子弟亦何预人事，而正欲使其佳？"诸人莫有言者。车骑（谢玄）答曰："譬如芝兰玉树，欲使其生于庭阶耳。"

[86]叨（tāo）陪鲤对：谦称陪侍或追随。鲤，孔鲤，孔子之子。

[87]捧袂（mèi）：举起双袖，表示恭敬的姿势。

[88]喜托龙门，《后汉书·李膺列传》："膺独持风裁，以声名自高。士有被其容接者，名为登龙门。"

[89]杨意不逢，抚凌云而自惜：据《史记·司马相如列传》，司马相如经蜀人杨得意引荐，方能入朝见汉武帝。又云："相如既奏大人之颂，天子大悦，飘飘有凌云之气。"杨意，杨得意的省称。抚，抚奏。凌云，指司马相如作《大人赋》。

[90]钟期既遇，奏流水以何惭：指钟子期遇知音之事。典故出自《列子·汤问》。钟期，钟子期的省称。

[91]兰亭已矣，梓(zǐ)泽丘墟：兰亭集会的盛况已成陈迹，金谷园也变为废墟。兰亭，在今浙江省绍兴市附近。永和九年(353年)三月三日，王羲之与群贤宴集于此，行修禊礼，祓除不祥。梓泽，晋石崇的金谷园，故址在今河南省洛阳市西北。此二处皆古之名胜，后均不存，故王勃作叹。

[92]伟饯：颇具规模的饯别宴会。

[93]敢竭鄙怀，恭疏短引：自谦之语。敢，大胆，有冒昧之意。竭，竭尽、尽心。鄙怀，微薄诚意。恭疏短引，恭谨地粗略做个短短的引言。

[94]请洒潘江，各倾陆海云尔：此二句意为：请大家各展卓越才华。钟嵘《诗品》："陆才如海，潘才如江"，是言陆机、潘岳之才。云尔，文尾助词，如此罢了，如此而已。

作家作品

王勃(649或650—676年)，字子安，绛州龙门(今山西河津)人，唐代诗人。王勃未成年即被赞为神童，荐表朝廷，对策高第，授朝散郎。乾封初年为沛王李贤征为王府侍读，两年后，因戏为《檄英王鸡文》，被高宗怒逐出府，随即出游巴蜀。后因擅杀官奴当诛，遇赦除名。其父亦受累贬为交趾令。南下探亲，渡海溺水，惊悸而死。王勃的文学主张崇尚实用，与杨炯、卢照邻、骆宾王齐名，齐称"初唐四杰"，其中王勃是"初唐四杰"之冠。他创作"壮而不虚，刚而能润，雕而不碎，按而弥坚"的诗文，对转变文风起了很大作用。有《王子安集》存世。代表作为《檄英王鸡文》《滕王阁序》等。

《滕王阁序》属骈文体。唐代王勃南下省父途经洪州(今江西南昌)，正值洪州都督于滕王阁宴请群僚，便即席应邀而作此篇。文中描绘了宴会盛况及滕王阁周围景观，抒发了自己怀才不遇的感慨。此文是千古传诵名篇。

推荐书目

林非．中国散文大辞典[M]．郑州：中州古籍出版社，1997．

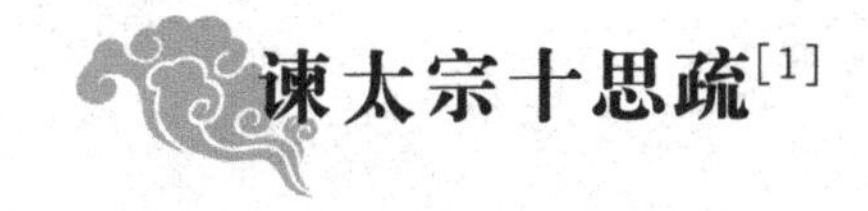

谏太宗十思疏[1]

魏徵

臣闻求木之长[2]者，必固[3]其根本；欲流之远者，必浚[4]其泉源；思国之安者，必积其德义[5]。源不深而望流之远，根不固而求木之长，德不厚而思国之理，臣虽下愚[6]，知其不可，而况于明哲[7]乎！人君当神器之重[8]，居域中之大[9]，将崇极天之峻，永保无疆之休[10]。不念居安思危，戒奢以俭[11]，德不处其厚，情不胜其欲，斯亦伐根以求木茂，塞源而欲流长者也。

凡百元首[12]，承天景命[13]，莫不殷忧[14]而道著，功成而德衰。有善始者实繁，能克终者盖寡[15]。岂取之易而守之难乎？昔取之而有余，今守之而不足，何也？夫在殷忧，必竭诚以待下；既得志，则纵情以傲物[16]。竭诚则胡越为一体[17]，傲物则骨肉为行路[18]。虽董之以严刑[19]，振[20]之以威怒，终苟免而不怀仁[21]，貌恭而不心服。怨不在大，可畏惟人[22]；载舟覆舟[23]，所宜深慎[24]；奔车朽索，其可忽乎！

君人者，诚能见可欲[25]则思知足以自戒，将有作[26]则思知止以安人[27]，念高危则思谦冲而自牧[28]，惧满溢[29]则思江海下百川[30]，乐盘游[31]则思三驱[32]以为度，忧懈怠则思慎始而敬[33]终，虑壅蔽[34]则思虚心以纳下，想谗邪[35]则思正身以黜恶[36]，恩所加则思无因喜以谬赏[37]，罚所及则思无因怒而滥刑。总此十思，弘兹九德[38]，简[39]能而任之，择善而从之，则智者尽其谋，勇者竭其力，仁者播其惠[40]，信者[41]效其忠。文武争驰，在君无事，可以尽豫游[42]之乐，可以养松乔之寿[43]，鸣琴垂拱[44]，不言而化。何必劳神苦思，代下司职，役聪明之耳目，亏无为之大道哉！

注释

[1]选自《贞观政要集校》。

[2]长(zhǎng)：生长，这里指长得好。

[3]固：使……稳固。

[4]浚(jùn)：疏通水道。

[5]德义：德行和道义。

[6]下愚：极愚昧无知的人，用作谦辞。

[7]明哲：明智的人，这里指唐太宗。

[8]当神器之重：掌握帝王的重权。当，主持、掌握。神器，指帝位。

[9]居域中之大：处在天地间重大的地位。域中，天地间。语出《老子》第二十五章："道大，天大，地大，人亦大。域中有四大，而人居其一焉。"

[10]休：喜庆、福禄。

[11]戒奢以俭：戒奢侈，行节俭。

[12]凡百元首：(历代)所有的帝王。凡百，所有的。

[13]承天景命：承受上天的重大使命。景，大。

[14]殷忧：深深忧虑。殷，深。

[15]能克终者盖寡：能够保持到底的大概很少。克，能够。盖，表示推断。

[16]傲物：看不起别人。物，人。

[17]胡越为一体：敌人也可以结为朋友。胡越，借指相互敌对者，一说指相距遥远者。

[18]骨肉为行路：亲骨肉成为毫不相干的陌生人。骨肉，指父母、兄弟、子女。行路，路人。

[19]董之以严刑：用严酷的刑罚督察人民。董，督察。

[20]振：同"震"，威吓。

[21]终苟免而不怀仁：最终只是苟且免于刑罚，但是并不会怀念(皇上的)仁德。

[22]怨不在大，可畏惟人：引起民怨不在于事情的大小，可怕的是人民(的力量)。

[23]载舟覆舟：语出《荀子・王制》："君者舟也，庶人者水也。水则载舟，水则覆舟。"意思是，人民能拥戴皇帝，也能推翻他的统治。

[24]所宜深慎：这是应当深切戒慎的。

[25]见可欲：看见(自己)贪图的东西。语出《老子》第三章："不见可欲，使民心

不乱。”下文的“知足”(知道满足)、“知止”(知道适可而止),语出《老子》第四十四章的“知足不辱”与“知止不殆”。

[26]作:建造、兴建。这里指大兴土木、营建宫殿苑囿一类事情。

[27]安人:安民。

[28]念高危则思谦冲而自牧:想到(君位)高而险,就要不忘谦虚,加强自身的道德修养。谦冲,谦虚。牧,养。这里用了《周易·谦卦》“谦谦君子,卑以自牧”的意思。

[29]满溢:容器中水满而溢出,指骄傲自满,听不进不同意见。

[30]江海下百川:江海居于百川之下(而能容纳百川)。意思是,要有度量,善于听取各方面的意见。下,居于……之下。

[31]盘游:娱乐游逸,指田猎。

[32]三驱:语出《周易》:“王用三驱。”田猎时设网三面,留一面不设,指田猎有度,不过分捕杀。

[33]敬:慎。

[34]虑壅(yōng)蔽:担心(耳目被)堵塞蒙蔽。

[35]想谗邪:考虑到以谗言陷害别人的邪恶之人。

[36]黜(chù)恶:斥退奸恶小人。黜,排斥。

[37]谬赏:不恰当地奖赏。

[38]弘兹九德:光大九德的修养。弘,光大。九德,指《尚书·皋陶(yáo)谟》所讲的九种品德。

[39]简:选拔。

[40]仁者播其惠:仁爱的人广泛施布他们的恩惠。

[41]信者:诚信的人。

[42]豫游:出游、游乐。帝王秋天出巡称“豫”,春天出巡为“游”。

[43]松乔之寿:像仙人赤松子、王子乔那样的长寿。赤松子、王子乔,都是上古传说中的仙人。

[44]垂拱:垂衣拱手(不亲自处理政务)。

作家作品

魏徵早年参加瓦岗起义，跟随魏公李密，但不得重用。武德元年(618年)，归降唐朝，并说服李密旧部李勣献地归唐。后授太子洗马，辅佐太子李建成，献策平定刘黑闼。玄武门之变后，归于唐太宗李世民麾下，初授谏议大夫，奉命安抚河北的前太子、齐王旧部。贞观元年(627年)，升授尚书左丞。贞观三年(629年)，迁为秘书监，参预朝政，校定古籍。贞观七年(633年)，改任侍中，负责门下省事务。累授左光禄大夫、太子太师，封郑国公。他多次直言进谏，推行王道。曾提出"兼听则明，偏听则暗""居安思危，戒奢以俭"，主张"薄赋敛""轻租税""息末敦本""宽仁治天下"等，对李世民的行动及施政给以极有益的影响，辅佐李世民共创"贞观之治"。贞观十七年(643年)，魏徵去世，享年64岁。获赠司空、相州都督，谥号"文贞"。随后名列"凌烟阁二十四功臣"第四位。

魏徵曾参与修撰《群书治要》及《隋书》序论，《梁书》《陈书》《齐书》的总论等，其言论多见《贞观政要》，今存《魏郑公文集》与《魏郑公诗集》。

推荐书目

1. 华慧. 忠谏人生：魏徵[M]. 沈阳：辽宁人民出版社，2017.
2. 魏徵. 隋书[M]. 北京：中华书局，2020.

伶官传序[1]

欧阳修

呜呼！盛衰之理，虽曰天命，岂非人事哉[2]！原庄宗[3]之所以得天下，与其所以失之者，可以知之矣。

世言晋王[4]之将终也，以三矢赐庄宗而告之曰："梁，吾仇也[5]；燕王，吾所立[6]；契丹，与吾约为兄弟[7]，而皆背晋以归梁。此三者，吾遗恨也。与尔三矢，尔其[8]无忘乃父之志！”庄宗受而藏之于庙。其后用兵，则遣从事以一少牢[9]告庙，请其矢，盛以锦囊，负而前驱，及凯旋而纳之[10]。

方其系燕父子以组[11]，函梁君臣之首[12]，入于太庙，还矢先王，而告以成功，其意气之盛，可谓壮哉！及仇雠[13]已灭，天下已定，一夫夜呼，乱者四应[14]，仓皇东出，未及见贼而士卒离散，君臣相顾，不知所归；至于誓天断发，泣下沾襟，何其衰也！岂得之难而失之易欤？抑[15]本其成败之迹，而皆自于人欤？

《书》曰：“满招损，谦受益。”[16]忧劳可以兴国，逸豫[17]可以亡身，自然之理也。故方其盛也，举天下之豪杰，莫能与之争；及其衰也，数十伶人困之[18]，而身死国灭[19]，为天下笑。夫祸患常积于忽微，而智勇多困于所溺[20]，岂独伶人也哉！作《伶官传》。

注释

[1]选自《新五代史·伶官传》。欧阳修写《伶官传》并冠以短序，是为了告诫北宋统治者吸取后唐庄宗李存勖宠幸伶人而身死国灭的历史教训，力戒骄奢，防微杜渐，励精图治。

[2]虽曰天命，岂非人事哉：虽然说是天命，难道不是因为人事吗？古人多将国家的治乱盛衰归因于天命。欧阳修将人事作为主要原因，并未否定天命之说。董仲舒《举贤良对策》：“故治乱废兴在于己，非天降命，不可得反，其所操持悖谬，失其统也。”（《汉书·董仲舒传》）

[3]庄宗：后唐庄宗李存勖，923年灭后梁，建立五代后唐王朝。

[4]晋王：庄宗的父亲李克用，沙陀族，本姓朱邪，因有功于唐朝，故赐李姓。唐末割据山西一带，封晋王。

[5]梁，吾仇也：梁，指后梁太祖朱全忠。本为黄巢部将，后投降唐朝。《新五代史·唐本纪》载李克用“过汴州，休军封禅寺。朱全忠飨克用于上源驿，夜，酒罢，克用醉卧。伏兵发，火起，侍者郭景铢灭烛，匿克用床下，以水醒面告以难。会天大雨，灭火”。从此二人结怨，互相仇视。

[6]燕王,吾所立:刘守光囚父杀兄,后借李克用势力夺取幽州。朱全忠封他为燕王。

[7]契丹,与吾约为兄弟:李克用与契丹首领耶律阿保机订立盟约,结为兄弟,后契丹背盟,和朱全忠通好。《新五代史·四夷附录第一》:"梁将篡唐,晋王李克用使人聘于契丹,阿保机以兵三十万会克用于云州东城。置酒,酒酣,握手约为兄弟。克用赠以金帛甚厚,期共举兵击梁。阿保机遗晋马千匹。既归而背约,遣使者袍笏梅老聘梁。"

[8]其:句中语气词,表示命令。

[9]少牢:古代祭品。一猪一羊称为少牢。

[10]纳之:把箭藏在祖庙里。

[11]系燕父子以组:用绳索捆着燕王刘仁恭父子。组,绳索。

[12]函梁君臣之首:用木匣装着后梁皇帝、大臣的头。函,用木匣装着。

[13]仇雠:仇敌。

[14]一夫夜呼,乱者四应:魏州军士皇甫晖勾结党羽作乱。后来李嗣源等都相继作乱。一夫,指皇甫晖。

[15]抑:或者。

[16]满招损,谦受益:自满招来损害,谦虚得到好处。语见《尚书·虞书·大禹谟》。

[17]逸豫:安乐。

[18]数十伶人困之:几十个伶人围困他,指伶人郭从谦起兵作乱,庄宗率兵抵御,中流矢而死。

[19]国灭:庄宗死后,李嗣源即位。李克用子孙皆被杀。

[20]所溺:所沉溺不能自拔的事物。

作家作品

欧阳修(1007—1072年),字永叔,号醉翁,晚号六一居士,吉州永丰(今江西省永丰县)人,谥号文忠,世称欧阳文忠公,北宋政治家、文学家、史学家,与(唐朝)韩愈、柳宗元,(宋朝)王安石、苏洵、苏轼、苏辙、曾巩合称"唐宋八大家"。后人又将其与韩愈、柳宗元和苏轼合称"千古文章四大家"。欧阳修领导了北宋诗文革新运动,继承并发表了韩愈的古文理论。欧阳修在变革文风的同时，也对诗风、词风进行了革新。在史学方面，也有很高成就，他曾主修《新唐书》，并独撰《新五代史》。

《新五代史》是唐代设馆修史以后唯一的私修正史。在已有了薛居正等主编的五代史以后，欧阳修为什么独出心裁，又编出一部体例和写法不一样的新的五代史呢？《宋史·欧阳修传》中对此做了简约的说明："自撰《五代史记》，法严词约，多取《春秋》遗旨。"所谓"自撰"，是说这部史书不是奉朝廷之意，而是私家所撰。而"《春秋》遗旨"即《春秋》笔法。欧阳修自己说："呜呼，五代之乱极矣！""当此之时，臣弑其君，子弑其父，而缙绅之士安其禄而立其朝，充然无复廉耻之色者皆是也。"他作史的目的，正是为了抨击这些他认为没有"廉耻"的现象，达到孔子所说的"《春秋》作而乱臣贼子惧"的目的，是私修史书。

《新五代史》仿《春秋》笔法，用不同的字句表现微言大义，个人好恶往往影响了史实的记述，终于招致了后人的批评。但是，欧阳修是宋代著名的文学大家，古文运动的领导人和集大成者，所以《新五代史》文笔简洁，叙事生动，当时人就认为它的笔力与《史记》不相上下。

推荐书目

1. 欧阳修选集[M]. 上海：上海古籍出版社，1986.

2. 欧阳修. 新五代史[M]. 北京：中华书局，1974.

研讨与练习

1. 你觉得李密《陈情表》中的哪些话特别让你感动，为什么？

2. 王羲之与王勃都思考了生命的内涵，他们对生命的体悟有何不同？

3. 魏徵与欧阳修都劝诫帝王，请仿照"十思"的方式阐述欧阳修的主要观点。

4. 仿照《伶官传序》，从学过的历史人物传记中任选一篇，用浅近的文言文为该篇传记写一段史论，体现出你对其中历史人物的看法和态度。

5. 背诵《陈情表》《谏太宗十思疏》《伶官传序》。

第八课

魏晋唐宋辞赋选读

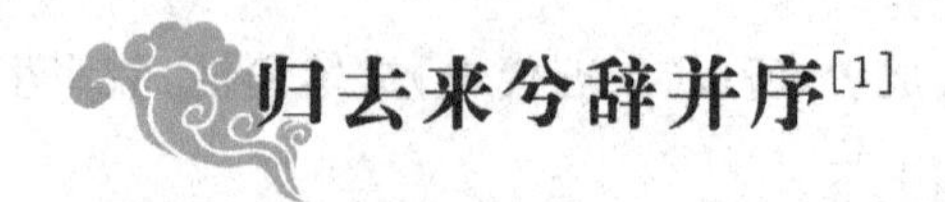

归去来兮辞并序[1]

陶渊明

余家贫,耕植不足以自给。幼稚盈室,瓶无储粟,生生所资,未见其术。亲故多劝余为长吏[2],脱然[3]有怀[4],求之靡途[5]。会有四方之事[6],诸侯[7]以惠爱为德,家叔[8]以余贫苦,遂见用[9]于小邑。于时风波未静,心惮[10]远役。彭泽[11]去[12]家百里,公田之利,足以为酒[13],故便求之。及少日[14],眷然[15]有归欤之情[16]。何则?质性[17]自然,非矫励[18]所得;饥冻虽切,违己交病[19]。尝从人事[20],皆口腹自役[21]。于是怅然慷慨[22],深愧平生之志[23]。犹望一稔[24],当敛裳宵逝[25]。寻[26]程氏妹[27]丧于武昌,情在骏奔[28],自免去职。仲秋至冬,在官八十余日。因事顺心[29],命篇曰《归去来兮》,乙巳岁[30]十一月也。

归去来兮,田园将芜[31]胡[32]不归?既自以心为形役,奚[33]惆怅[34]而独悲!悟已往之不谏[35],知来者之可追[36];实迷途其未远,觉今是而昨非。舟遥遥[37]以轻飏[38],风飘飘而吹衣。问征夫[39]以前路,恨晨光之熹微[40]。乃瞻[41]衡宇[42],载[43]欣载奔。僮仆欢迎,稚子候门。三径[44]就荒,松菊犹存。携幼入室,有酒盈樽。引[45]壶觞以自酌，眄[46]庭柯[47]以怡颜。倚南窗以寄傲，审[48]容膝[49]之易安。园日涉[50]以成趣，门虽设而常关。策[51]扶老[52]以流憩[53]，时矫[54]首而遐[55]观。云无心[56]以出岫[57]，鸟倦飞而知还。景[58]翳翳[59]以将入，抚孤松而盘桓。

归去来兮，请息交以绝游。世与我而相违，复驾言[60]兮焉求！悦亲戚之情话，乐琴书以消忧。农人告余以春及[61]，将有事于西畴[62]。或命巾车[63]，或棹[64]孤舟。既窈窕[65]以寻壑，亦崎岖[66]而经丘。木欣欣以向荣，泉涓涓[67]而始流。善[68]万物之得时，感吾生之行休[69]。

已矣乎！寓形宇内复几时！曷不[70]委心[71]任去留[72]。胡为乎[73]遑遑[74]欲何之？富贵非吾愿，帝乡[75]不可期。怀良辰以孤往，或植[76]杖而耘[77]耔[78]。登东皋[79]以舒啸[80]，临清流而赋诗。聊[81]乘化[82]以归尽[83]，乐夫天命复奚疑[84]！

注释

[1]选自《陶渊明集》。

[2]为长吏：做官。

[3]脱然：豁然。

[4]怀：想法。

[5]靡途：没有门路。靡，无。

[6]会有四方之事：恰逢奉命出使之事。语出《论语·子路》："使于四方。"

[7]诸侯：这里指刺史一类的地方官。

[8]家叔：当指陶渊明的叔父夔，曾任太常。

[9]见用：被任用。

[10]惮：害怕。

[11]彭泽：约在今江西彭泽县西南。

[12]去：离。

[13]公田之利，足以为酒：公田收获的粮食足够造酒之用。公田，收益归主管官吏的田。

[14]少日：没过几天。

[15]眷然:依恋的样子。

[16]归欤之情:怀乡之情。

[17]质性:本质性情。

[18]矫励:勉强去做。

[19]饥冻虽切,违己交病:饥寒虽然急迫,违背本心(指做官),则形神都苦恼。

[20]从人事:这里指做官。

[21]口腹自役:为了吃饭而驱使自己(出来做官)。

[22]慷慨:感情激动。

[23]平生之志:这里指隐居。

[24]一稔:指收获一次。稔,谷物成熟。

[25]当敛裳宵逝:一定收拾衣物,连夜离去。敛,收、聚。

[26]寻:不久。

[27]程氏妹:嫁给程氏的妹妹。

[28]情在骏奔:一心赶快去奔丧。骏,急速。

[29]因事顺心:就着这件事(因奔丧而去职的事),陈述自己的心意。

[30]乙巳岁:晋安帝义熙元年(405年)。

[31]芜:荒芜。

[32]胡:同“何”。

[33]奚:何。

[34]惆怅:感伤貌。

[35]谏:止,犹挽救。

[36]追:弥补。

[37]遥遥:漂荡。

[38]飏:飞扬,指船行轻快。

[39]征夫:行人。

[40]晨光之熹微:清晨天光初明。熹,同“熙”,光明。

[41]瞻:远望。

[42]衡宇:贫贱者所住的房屋。

[43]载：乃、且。

[44]三径：院子里的小路。汉代蒋诩隐居之后，在院内竹下开辟了三条小路，只与少数友人来往。后以“三径”代指隐士的居处。

[45]引：执、持。

[46]眄：斜看。

[47]柯：树枝。

[48]审：明白。

[49]容膝：仅能容纳双膝的小屋(极言其小)。

[50]涉：到。

[51]策：拄着。

[52]扶老：拐杖。

[53]流憩：到处憩息。

[54]矫：举。

[55]遐：远。

[56]无心：无意。

[57]岫：山峰。

[58]景：同“影”，日光。

[59]翳翳：阴暗貌。

[60]驾言：出游，用《诗经》“驾言出游”的意思。言，语助词。

[61]及：到。

[62]畴：田地。

[63]巾车：有车帷的小车。

[64]棹：船桨，这里指“划船”。

[65]窈窕：山路幽深之状。

[66]崎岖：山路高低不平之状。

[67]涓涓：水流微细之状。

[68]善：喜，羡慕。

[69]行休：将要结束，指死亡。

[70]曷不:何不。

[71]委心:随心。

[72]去留:这里指生死。

[73]胡为乎:为什么。

[74]遑遑:心神不定状。

[75]帝乡:仙乡。

[76]植:放下。

[77]耘:除草。

[78]耔:以土培苗。

[79]皋:田泽旁边的高地。

[80]啸:撮口发出的长而清越的声音。

[81]聊:姑且。

[82]乘化:顺着自然的运转变化。

[83]归尽:这里指死亡。

[84]疑:疑虑。

作家作品

陶渊明(约365—427年),一名潜,字元亮,东晋末刘宋初诗人、辞赋家、散文家。曾著《五柳先生传》以自况,卒后朋友私谥"靖节",故后人称"靖节先生"。陶渊明年轻时曾怀有"大济于苍生"的壮志,又因家境贫寒,走上仕途,历任江州祭酒、镇军将军参军、彭泽令等官职。几度出仕,使他逐渐认清了当时官场的污浊与黑暗,后还家归隐,过起了自由闲适的田园生活。此后,虽忧愤常积于心,生活困窘多难,再无出仕之念,后在贫病交迫中去世。后代批评家常用质朴、平淡、自然评价陶诗的风格,称其为"田园诗人"。陶渊明散文首推《桃花源记》。本文则是辞赋名篇,在艺术上平淡、朴素,充满了诗意,全无半点斧凿痕迹,具有很强的感染力。

"并序"指辞前的散文部分,记述了陶渊明从任彭泽令到辞官的过程和原因。陶渊明在这篇文章里写出他脱离污浊的官场,欣然归隐的思想感情,赞美了乡村的自然景物和躬耕田园的生活，并借此表达了不肯同流合污的思想，对一千多年间的历史和文学有着极为深远的影响。确如其言，陶渊明在自然与哲理之间打开了一条通道，在生活的困苦与自然的旨趣之间达到了一种和解，连最平凡的乡村生活景象在他的笔下也显示出了一种无穷的意味深长的美。

推荐书目

林非．中国散文大辞典[M]．郑州：中州古籍出版社，1997．

阿房宫赋[1]

杜牧

六王毕，四海一。蜀山兀[2]，阿房出。覆压[3]三百余里[4]，隔离天日。骊山[5]北构[6]而西折，直走[7]咸阳[8]。二川[9]溶溶，流入宫墙。五步一楼，十步一阁。廊腰[10]缦[11]回，檐牙高啄。各抱地势，钩心斗角。盘盘[12]焉，囷囷[13]焉，蜂房水涡，矗[14]不知其几千万落[15]。长桥卧波，未云何龙？复道行空[16]，不霁[17]何虹？高低冥迷，不知西东。歌台暖响，春光融融；舞殿冷袖，风雨凄凄。一日之内，一宫之间，而气候不齐。

妃嫔媵嫱[18]，王子皇孙，辞楼下殿，辇[19]来于秦，朝歌夜弦，为秦宫人。明星荧荧，开妆镜也；绿云扰扰，梳晓鬟也；渭流涨腻，弃脂水[20]也；烟斜雾横，焚椒兰[21]也。雷霆乍惊，宫车过也。辘辘[22]远听，杳[23]不知其所之也。一肌一容，尽态极妍，缦立远视，而望幸[24]焉，有不见者，三十六年[25]。燕、赵之收藏，韩、魏之经营，齐、楚之精英，几世几年，剽掠其人[26]，倚叠如山。一旦不能有，输来其间。鼎[27]铛[28]玉石，金块珠砾，弃掷逦迤[29]，秦人视之，亦不甚惜。

嗟乎！一人之心，千万人之心也。秦爱纷奢，人亦念其家。奈何取之尽锱铢[30]，用之如泥沙？使负栋[31]之柱，多于南亩[32]之农夫；架梁之椽，多于机上之工女；钉头磷磷，多于在庾[33]之粟粒；瓦缝参差，多于周身之帛缕[34]；直栏横槛，多于九土[35]之城郭[36];管弦[37]呕哑[38],多于市人之言语。使天下之人,不敢言而敢怒。独夫之心[39],日益骄固。戍卒叫[40],函谷举[41],楚人一炬[42],可怜焦土。

呜呼!灭六国者,六国也,非秦也。族秦者,秦也,非天下也。嗟乎!使六国各爱其人,则足以拒秦;使秦复爱六国之人,则递三世[43],可至万世而为君,谁得而族灭[44]也?秦人不暇自哀,而后人哀之;后人哀之而不鉴之,亦使后人而复哀后人也。

注释

[1]选自《樊川文集》。阿(ē)房(páng)宫:秦宫名,遗址在今陕西省西安市西郊。宫未建成,秦国灭亡。阿房宫是秦始皇在今西安西郊营造的宫殿,始建于秦始皇三十五年(公元前212年),动工不到两年,秦始皇死,秦二世胡亥继续修建,还未完成,相传于公元前206年被项羽烧毁(实为咸阳宫而非阿房宫)。从此,阿房宫的兴灭就同秦王朝的兴亡联系在一起,成为人们议论的话题。

[2]兀(wù):突兀,指山上树林被砍尽,只剩下光秃的山顶。

[3]覆压:覆盖。

[4]三百余里:指宫殿占地面积大。

[5]骊山:在今陕西省临潼区东南。

[6]构:建起。

[7]走:趋向。

[8]咸阳:秦朝的国都。

[9]二川:渭水和樊川。渭水源出甘肃,流经陕西省;樊川即樊水,灞水的支流,在今陕西省。

[10]廊腰:走廊中间的转折处。

[11]缦:无花纹的丝绸。

[12]盘盘:盘旋。

[13]囷(qūn)囷:曲折。

[14]矗:高耸。

[15]落：座、所，建筑物的单位量词；一说指院落、院子。

[16]复道行空：宫中楼阁相通，上下都有通道，称复道。因筑在山上，故称行空。

[17]霁(jì)：雨止云开。

[18]妃嫔(pín)媵(yìng)嫱(qiáng)：统指六国王侯的宫妃。她们各有等级，妃的等级比嫔、嫱高。媵是陪嫁的侍女。

[19]辇(niǎn)：古代贵族乘坐的人力车。此用作动词，乘车。

[20]脂水：洗胭脂的水。

[21]椒兰：两种芳香植物。

[22]辘(lù)辘：车声。

[23]杳(yǎo)：远。

[24]望幸：盼望皇帝到来。幸，封建时代称皇帝亲临为幸。

[25]三十六年：秦始皇在位共三十六年多，在兼并六国前自不能罗致诸侯子女，这里是夸张。

[26]其人：其民。唐人避太宗李世民讳，以“人”代“民”。

[27]鼎：古代一种三足两耳的贵重器物。

[28]铛(chēng)：铁锅，三足。

[29]逦(lǐ)迤(yǐ)：接连不断。这里是说到处都是。

[30]锱(zī)铢(zhū)：古时的重量单位。六铢为一锱。此极言微小。

[31]负栋：支撑栋梁的柱子。

[32]南亩：泛指农田。

[33]庾：粮仓。

[34]帛缕：丝绸衣服上的纱线。

[35]九土：九州，指全国。

[36]郭：外城。

[37]管弦：指箫笙、琴瑟等乐器。

[38]呕哑：乐器发出的声音。

[39]独夫之心：丧尽人心的暴君，指秦始皇。

[40]戍卒叫:指陈胜、吴广在谪戍渔阳途中,于大泽乡振臂一呼,率众起义。

[41]函谷举:指刘邦攻破函谷关。举,攻破、拔取。

[42]楚人一炬:公元前206年,项羽入咸阳,杀子婴,“烧秦宫室,火三月不灭”(《史记·项羽本纪》)。楚人,指项羽。项羽是楚将项燕的后代,故称楚人。

[43]递三世:传至第三代。

[44]族灭:灭族。古有灭三族、九族、十族的酷刑。此指秦朝彻底覆灭。

作家作品

杜牧(803—853年),字牧之,号樊川,京兆万年(今陕西西安)人。杜牧在文宗大和年间中进士后,曾为黄、池、睦、湖等州的刺史,也在朝中做过司勋员外郎、中书舍人等官。杜牧早年颇有抱负,政治上不失为有识见、有胆量的进步人士。但一生仕途并不得意,始终未能施展抱负。他的诗、赋和古文都颇负盛名,而以诗的成就最高,后人称为“小杜”,以别于杜甫。又和李商隐齐名,并称“小李杜”。在艺术上,杜牧自称追求“高绝”,不学“奇丽”,不满“习俗”,所谓“不今不古”,正是力图在晚唐浮浅轻靡的诗风之外自具面目,但他的风格不像李贺的奇特,也不似元稹、白居易的平易,和李商隐比也能独树一帜。他对赋这种文体有着卓越的贡献。唐宋古文运动兴起,一些文人用古文的写作方法作赋,使之由骈俪趋向散文化,称为“文赋”,以区别于六朝的“骈赋”和唐代用来科考取士的“律赋”。杜牧的《阿房宫赋》就是这样的作品,历代被人们视为“文赋”的初期典范之作。

杜牧在《上知己文章启》中说:“宝历(唐敬宗年号)大起宫室,广声色,故作《阿房宫赋》。”可见这是借秦警唐之作,目的在于通过写阿房宫总结亡秦教训,使唐敬宗李湛引为鉴戒。统治者横征暴敛,荒淫无度,其结果只能是民怨沸腾,国亡族灭。文章表现出一个封建时代正直的文人忧国忧民、匡世济俗的情怀。

推荐书目

林非.中国散文大辞典[M].郑州:中州古籍出版社,1997.

秋声赋[1]

欧阳修

欧阳子方夜读书，闻有声自西南来者，悚然[2]而听之，曰："异哉！"初淅沥[3]以萧飒[4]，忽奔腾而砰湃[5]，如波涛夜惊，风雨骤至。其触于物也，鏦鏦铮铮[6]，金铁皆鸣；又如赴敌之兵，衔枚[7]疾走，不闻号令，但闻人马之行声。余谓童子："此何声也？汝出视之。"童子曰："星月皎洁，明河[8]在天，四无人声，声在树间。"

余曰："噫嘻悲哉！此秋声也，胡为而来哉？盖夫秋之为状[9]也：其色惨淡，烟霏云敛；其容清明，天高日晶；其气栗冽，砭[10]人肌骨；其意萧条，山川寂寥。故其为声也，凄凄切切，呼号愤发。丰草绿缛而争茂，佳木葱茏而可悦；草拂之而色变，木遭之而叶脱；其所以摧败零落者，乃其一气之余烈。夫秋，刑官[11]也，于时为阴；又兵象[12]也，于行用金；是谓天地之义气，常以肃杀而为心。天之于物，春生秋实。故其在乐也，商声主西方之音，夷则为七月之律。商，伤也，物既老而悲伤；夷，戮也，物过盛而当杀。嗟乎！草木无情，有时飘零。人为动物，惟物之灵，百忧感其心，万事劳其形，有动于中，必摇其精[13]。而况思其力之所不及，忧其智之所不能，宜其渥[14]然丹者为槁木，黟然[15]黑者为星星[16]。奈何以非金石之质，欲与草木而争荣？念谁为之戕贼[17]，亦何恨乎秋声！"

童子莫对，垂头而睡。但闻四壁虫声唧唧，如助予[18]之叹息。

注释

[1]选自《欧阳修全集》。

[2]悚(sǒng)然：惊惧的样子。

[3]淅沥：象声词，形容雪、雨、风等的声音。

[4]萧飒：风吹树木发出的声音。

[5]砰湃：同"澎湃"，波涛汹涌的声音。

[6]鏦(chuàng)鏦铮(zhēng)铮:金属相击的声音。

[7]衔枚:古时行军或袭击敌军时,让士兵衔枚以防出声。枚,形似竹筷,衔于口中,两端有带,系于脖上。

[8]明河:浩瀚的银河。

[9]秋之为状:秋天所表现出来的意气容貌。状,情状,指下文所说的“其色”“其容”“其气”“其意”。

[10]砭(biān):古代用来治病的石针,这里引用为刺的意思。

[11]刑官:执掌刑狱的官。《周礼》把官职与天、地、春、夏、秋、冬相配,称为六官。秋天肃杀万物,所以司寇为秋官,执掌刑法,称刑官。

[12]兵象:战争迹象。因战争是肃杀之事,故时又以秋治兵。

[13]摇其精:损耗精力。

[14]渥(wò):浓郁。

[15]黟(yī)然:黑的样子。

[16]星星:鬓发花白的样子。

[17]戕(qiāng)贼:残害。

[18]助予:附和我。予,我。

作家作品

本文写于宋仁宗嘉祐四年(1059年)秋,作者虽身居高位,然有感于宦海沉浮,政治改革艰难,故心情苦闷,乃以“悲秋”为题,抒发人生的苦闷与感叹。此赋变唐代以来的“律体”为“散体”,对于赋的发展具有开拓意义。

推荐书目

1. 黄进德. 欧阳修评传[M]. 南京:南京大学出版社,2011.

2. 方笑一. 唐宋八大家散文选[M]. 北京:汉语大词典出版社,2002.

赤壁赋[1]

苏轼

壬戌[2]之秋，七月既望[3]，苏子与客泛舟游于赤壁之下。清风徐[4]来，水波不兴。举酒属[5]客，诵明月之诗[6]，歌窈窕之章[7]。少焉[8]，月出于东山之上，徘徊于斗牛[9]之间。白露横江[10]，水光接天。纵一苇之所如，凌万顷之茫然[11]。浩浩乎如冯虚御风[12]，而不知其所止；飘飘乎如遗世独立[13]，羽化而登仙[14]。

于是饮酒乐甚，扣舷[15]而歌之。歌曰："桂棹兮兰桨[16]，击空明兮溯流光[17]。渺渺兮予怀[18]，望美人[19]兮天一方。"客有吹洞箫者，倚歌而和之[20]。其声呜呜然，如怨如慕，如泣如诉[21]，余音袅袅[22]，不绝如缕[23]。舞幽壑之潜蛟[24]，泣孤舟之嫠妇[25]。

苏子愀然[26]，正襟危坐[27]，而问客曰："何为其然也[28]？"客曰："'月明星稀，乌鹊南飞[29]'，此非曹孟德之诗乎？西望夏口[30]，东望武昌[31]。山川相缪[32]，郁[33]乎苍苍，此非孟德之困于周郎[34]者乎？方其破荆州，下江陵，顺流而东也[35]，舳舻[36]千里，旌旗蔽空，酾[37]酒临江，横槊[38]赋诗，固一世之雄也，而今安在哉？况吾与子渔樵于江渚之上，侣鱼虾而友麋鹿[39]，驾一叶之扁舟，举匏尊[40]以相属。寄蜉蝣[41]于天地，渺沧海之一粟[42]。哀吾生之须臾[43]，羡长江之无穷。挟飞仙以遨游，抱明月而长终[44]。知不可乎骤[45]得，托遗响于悲风[46]。"

苏子曰："客亦知夫水与月乎？逝者如斯[47]，而未尝往也；盈虚者如彼[48]，而卒莫消长[49]也。盖将自其变者而观之，则天地曾不能以一瞬[50]；自其不变者而观之，则物与我皆无尽也，而又何羡乎？且夫天地之间，物各有主，苟非吾之所有，虽一毫而莫取。惟江上之清风，与山间之明月，耳得之而为声，目遇之而成色，取之无禁，用之不竭，是造物者之无尽藏[51]也，而吾与子之所共适[52]。"

客喜而笑，洗盏更酌[53]。肴核既尽[54]，杯盘狼籍[55]。相与枕藉[56]乎舟中，不知东方之既白[57]。

注释

[1]本文选自《苏轼文集》。

[2]壬(rén)戌(xū):宋神宗元丰五年(1082年),岁在壬戌。

[3]既望:过了望日。既,过了。望,农历小月十五日,大月十六日。

[4]徐:舒缓地。

[5]属(zhǔ):通"嘱",劝人喝酒。

[6]明月之诗:《诗经·陈风·月出》。

[7]窈(yǎo)窕(tiǎo)之章:《诗经·陈风·月出》诗有"舒窈纠兮"之句。"窈纠"同"窈窕"。

[8]少焉:一会儿。

[9]斗(dǒu)牛:星宿名,即斗宿、牛宿。

[10]白露横江:白茫茫的水气笼罩江面。

[11]纵一苇之所如,凌万顷之茫然:任凭小船在宽广的江面上漂荡,越过旷远的江面。纵,任凭。一苇,像一片苇叶那么小的船,比喻极小的船。《诗经·卫风·河广》:"谁谓河广,一苇杭(航)之。"如,往、去。凌,越过。万顷,形容江面极为宽阔。茫然,旷远的样子。

[12]冯(píng)虚御风:(像长出羽翼一样)驾风凌空飞行。冯,通"凭",乘。虚,太空。御,驾御(驭)。

[13]遗世独立:超越尘世,独自存在。

[14]羽化而登仙:道教把成仙叫作"羽化",像长了翅膀一样,认为成仙后能够飞升。登仙,登上仙境。

[15]扣舷(xián):敲打着船边,指打节拍。舷,船的两边。

[16]桂棹(zhào)兮兰桨:用桂木做的棹,用木兰做的船桨。棹,一种划船工具,形似桨。

[17]击空明兮溯(sù)流光:船桨拍打着有月光浮动的清澈的水,逆流而上。溯,逆流而上。空明、流光,指有月光浮动的清澈的江水。

[18]渺渺兮予怀:我的心思飘得很远很远。主谓倒装。渺渺,悠远的样子。

[19]美人:代指有才德的人。古诗文多以指自己所怀念向往的人。

[20]倚歌而和(hè)之:合着节拍应和。倚,依、按。和,同声相应。

[21]如怨如慕,如泣如诉:像是哀怨,像是思慕,像是啜泣,像是倾诉。怨,哀怨。慕,眷恋。

[22]余音袅袅:尾声婉转悠长。

[23]缕:细丝。

[24]舞幽壑之潜蛟:使深谷的蛟龙感动得起舞。幽壑,这里指深渊。

[25]泣孤舟之嫠(lí)妇:使孤舟上的寡妇伤心哭泣。嫠妇,孤居的妇女,在这里指寡妇。白居易《琵琶行》写孤居的商人妻云:"去来江口守空船,绕船明月江水寒。夜深忽梦少年事,梦啼妆泪红阑干。"这里化用其诗。

[26]愀(qiǎo)然:忧郁的样子。

[27]正襟危坐:整理衣襟,严肃地端坐着。危坐,端坐。

[28]何为其然也:(曲调)为什么会这么悲凉呢?

[29]月明星稀,乌鹊南飞:所引是曹操《短歌行》中的诗句。

[30]夏口:地名,故城在今湖北武昌的西面。

[31]武昌:今湖北省鄂州市。

[32]缪(liáo):通"缭",盘绕、环绕。

[33]郁:茂盛的样子。

[34]孟德之困于周郎:指汉献帝建安十三年(208年),吴将周瑜在赤壁之战中击溃曹操号称八十万的大军。

[35]方其破荆州,下江陵,顺流而东也:以上三句指建安十三年(208年)刘琮率众向曹操投降,曹军不战而占领荆州、江陵。方,当。荆州,辖南阳、江夏、长沙等八郡,今湖南、湖北一带。江陵,当时的荆州首府,今湖北县名。

[36]舳(zhú)舻(lú):战船前后相接。这里指战船。

[37]酾(shī)酒:斟酒。

[38]横槊(shuò):横执长矛。

[39]侣鱼虾而友麋(mí)鹿:把鱼虾、麋鹿当作好友。侣,伴侣,这里用作动词。麋,鹿的一种。

[40]匏(páo)樽:用葫芦做成的酒器。匏,葫芦。

[41]蜉(fú)蝣(yóu):一种昆虫,夏秋之交生于水边,生命短暂,仅数小时。此句比喻人生之短暂。

[42]渺沧海之一粟:此句比喻人类在天地之间极为渺小。渺,小。沧海,大海。

[43]须臾(yú):片刻,时间极短。

[44]长终:至于永远。

[45]骤:突然。

[46]悲风:秋风。

[47]逝者如斯:语出《论语·子罕》"逝者如斯夫"句。逝,往。斯,此,指水。

[48]盈虚者如彼:指月亮的圆缺。

[49]消长:增减。长,增长。

[50]则天地曾不能以一瞬:天地间万事万物时刻在变动,连一眨眼工夫都不停止。则,语气副词。以,用。一瞬,一眨眼的工夫。

[51]是造物者之无尽藏(zàng):这是大自然恩赐的无穷无尽的宝藏。造物者,天地自然。无尽藏,佛家语,指无穷无尽的宝藏。

[52]适:一作"食",享有。

[53]更酌:再次饮酒。

[54]肴核既尽:菜肴果品已吃完。既,已经。

[55]狼籍:凌乱的样子。

[56]枕藉:相互枕着垫着。

[57]既白:天已经显出白色。

作家作品

本篇是宋神宗元丰二年(1079年),苏轼贬谪黄州(今湖北黄冈)时所作。熙宁九年(1076年),王安石变法受挫,一些投机新法的分子,乘机结党报复,敢言的苏轼成了官僚政治倾轧的牺牲品。元丰二年(1079年)四月到达湖州,七月突然遭到逮捕,罪证是苏轼的一束诗文。原来苏轼诗文中曾流露过一些牢骚,表示过对新法的不同意见,其目的无非是"缘诗人之义,托事以讽",这些就成为遭受弹劾的把柄,把他投入大狱。一时亲友惊散,家人震恐。苏轼在狱中遭受诟辱折磨,有时感到难免一死，曾写两首诗与弟弟诀别，有“是处青山可埋骨，他年夜雨独伤神”的诗句。幸亏亲友的营救，当时的宋神宗也不想杀他，此年底，结案出狱。神宗元丰二年(1079年)，苏轼被贬为黄州(今湖北黄冈)团练副使。元丰五年(1082年)秋冬之际，苏轼先后两次游览了黄州附近的赤壁，写下前后《赤壁赋》。赤壁，实为黄州赤鼻矶，并不是三国时期赤壁之战的旧址。

推荐书目

1. 迟文浚，宋绪连，曲德来. 唐宋八大家散文：广选 新注 集评 · 苏轼卷[M]. 沈阳：辽宁人民出版社，1999.

2. 林非. 中国散文大辞典[M]. 郑州：中州古籍出版社，1997.

研讨与练习

1. 四篇辞赋中出现了许多成语典故，请编辑一份成语典故表，提高词汇积累量。

2. 陶渊明与苏轼都有豁达洒脱之胸怀，但二者又绝不相同，请列表对比二人思想观念的相异处。

3. 对于《秋声赋》文章主题历来有两种看法：一种认为它是一篇以悲秋为主题的赋体散文，抒发了作者在政治上不能有所作为的郁闷心情；另一种认为同以往的许多“悲秋”之作相比，本文既无失意的惆怅，又无对身世的感伤，体现了作者豁达超然的情怀。想一想，你认同哪一种观点？

4. 写篇短文，简介“赋”这种文体。

5. 背诵《归去来兮辞》《阿房宫赋》《赤壁赋》。

第九课

明清散文选读

项脊轩志[1]

归有光

项脊轩，旧[2]南阁子也。室仅方丈[3]，可容一人居。百年老屋，尘泥渗漉[4]，雨泽下注；每移案，顾视无可置者[5]。又北向，不能得日，日过午已昏。余稍为修葺，使不上漏。前[6]辟四窗，垣墙周庭，以当南日[7]，日影反照，室始洞然[8]。又杂植兰桂竹木于庭，旧时栏楯[9]，亦遂增胜[10]。借书满架，偃仰[11]啸歌[12]，冥然兀坐[13]，万籁有声；而庭阶寂寂，小鸟时来啄食，人至不去。三五之夜[14]，明月半墙，桂影斑驳，风移影动，珊珊[15]可爱。

然余居于此，多可喜，亦多可悲。先是[16]庭中通南北为一。迨诸父异爨[17]，内外多置小门墙，往往而是[18]。东犬西吠[19]，客逾庖而宴[20]，鸡栖于厅。庭中始为篱，已[21]为墙，凡再变矣。家有老妪，尝居于此。妪，先大母[22]婢也，乳二世[23]，先妣抚[24]之甚厚。室西连于中闺[25]，先妣尝一至。妪每谓余曰："某所，而母立于兹[26]。"妪又曰："汝姊在吾怀，呱呱而泣；娘以指叩门扉曰：'儿寒乎？欲食乎？'吾从板外相为应答。"语未毕，余泣，妪亦泣。余自束发，读书轩中，一日，大母过余[27]

曰："吾儿，久不见若影，何竟日默默在此，大类[28]女郎也？"比去[29]，以手阖[30]门，自语曰："吾家读书久不效[31]，儿之成，则可待乎！"顷之，持一象笏[32]至，曰："此吾祖太常公[33]宣德间执此以朝，他日汝当用之！"瞻顾遗迹[34]，如在昨日，令人长号不自禁。

轩东故尝为厨，人往，从轩前过。余扃牖[35]而居，久之，能以足音辨人。轩凡四遭火，得不焚，殆[36]有神护者。

…………

余既为此志[37]，后五年，吾妻来归[38]，时至轩中，从余问古事，或凭几学书[39]。吾妻归宁[40]，述诸小妹语[41]曰："闻姊家有阁子，且[42]何谓阁子也？"其后六年，吾妻死，室坏不修。其后二年，余久卧病无聊，乃使人复葺南阁子，其制[43]稍异于前。然自后余多在外，不常居。

庭有枇杷树，吾妻死之年所手植也，今已亭亭如盖[44]矣。

注释

[1]选自《震川先生集》，有删节。项脊轩，归有光的书斋名。作者祖上居于昆山项脊泾，故名。志，一种文体。

[2]旧：旧日的、原来的。

[3]方丈：一丈见方。

[4]渗漉：渗漏。

[5]无可置者：没有可以挪置（桌案）的地方。

[6]前：指阁子北面，因阁子是"北向"的。

[7]垣墙周庭，以当南日：四周围绕院子砌上墙，用（北墙）对着南边射来的日光（使其反照室内）。垣墙，用作动词，砌上垣墙。垣，矮墙，也泛指墙。

[8]洞然：明亮的样子。

[9]栏楯（shǔn）：栏杆。

[10]增胜：增加光彩。胜，美。

[11]偃仰：俯仰，这里指安居、休息。

[12]啸歌:长啸歌吟。

[13]冥然兀坐:静静地独自端坐。

[14]三五之夜:农历每月十五的夜晚。

[15]珊珊:树影摇动的样子。

[16]先是:在此以前。

[17]迨(dài)诸父异爨(cuàn):等到伯、叔分家。迨,等到。诸父,伯父、叔父的统称。异爨,分灶做饭,意思是分家。

[18]往往而是:到处都是。

[19]东犬西吠:东家的狗(听到西家的声音)就对着西家叫。

[20]逾庖而宴:越过厨房去吃饭。因为多置小门墙,所以宴客的时候客人要经过厨房。

[21]已:不久后。

[22]先大母:去世的祖母。下文的"先妣",指去世的母亲。

[23]乳二世:给父亲和自己两代人喂过奶。乳,喂奶、哺育。

[24]抚:爱护,这里是"对待"的意思。

[25]中闺:内室。

[26]而母立于兹:你的母亲(曾经)站在这儿。而,你的。

[27]过余:到我(这里来),意思是来看我。

[28]大类:很像。

[29]比去:等到离开的时候。

[30]阖(hé):关闭。

[31]不效:没有效果。这里指科举上无所成就。

[32]象笏(hù):象牙制的手板。古代品级较高的官员朝见君主时执笏,供指画和记事。笏多以象牙、玉制成。

[33]太常公:归有光祖母的祖父夏昶(chǎng),在明宣德年间曾任太常寺卿。

[34]瞻顾遗迹:瞻视回顾先人留下的旧物。

[35]扃(jiōng)牖:关上窗户。扃,关闭。

[36]殆:恐怕、可能。

[37]余既为此志：我已经作了这篇志。此志，指本篇中这一句之上的内容，从这一句以下是后来补写的。

[38]来归：指嫁到我家来。

[39]书：写字。

[40]归宁：出嫁的女子回娘家省亲。

[41]述诸小妹语：(回我家后)转述她小妹们的话。

[42]且：助词，用于句首。这里有“那么”的意思。

[43]制：形制、规制。

[44]盖：伞盖。

登泰山记[1]

姚鼐

泰山之阳，汶水[2]西流；其阴，济水[3]东流。阳谷[4]皆入汶，阴谷皆入济。当其南北分者[5]，古长城[6]也。最高日观峰，在长城南十五里。

余以[7]乾隆三十九年[8]十二月，自京师乘[9]风雪，历齐河、长清[10]，穿泰山西北谷，越长城之限[11]，至于泰安。是月丁未[12]，与知府朱孝纯子颍[13]由南麓登。四十五里，道皆砌石为磴[14]，其级七千有余。

泰山正南面有三谷。中谷绕泰安城下，郦道元所谓环水[15]也。余始循以入[16]，道少半[17]，越中岭[18]，复循西谷，遂至其巅。古时登山，循东谷入，道有天门。东谷者，古谓之天门溪水，余所不至也。今所经中岭及山巅，崖限当道者[19]，世皆谓之天门云[20]。道中迷雾冰滑，磴几[21]不可登。及既上，苍山负雪，明烛天南[22]；望晚日照城郭[23]，汶水、徂徕[24]如画，而半山居[25]雾若带然。

戊申晦[26]，五鼓[27]，与子颍坐日观亭[28]，待日出。大风扬积雪击面。亭东自足下皆云漫[29]。稍[30]见云中白若樗蒱[31]数十立者，山也。极天[32]云一线异色，须臾成五采[33]。日上，正赤如丹[34]，下有红光，动摇承之，或曰，此东海[35]也。回视日观以西峰，或得日，或否[36]，绛皓驳色[37]，而皆若偻[38]。

亭西有岱祠[39]，又有碧霞元君[40]祠；皇帝行宫[41]在碧霞元君祠东。是日观道中石刻，自唐显庆[42]以来，其远古刻尽漫失[43]。僻不当道者，皆不及往。

山多石，少土；石苍黑色，多平方，少圜[44]。少杂树，多松，生石罅，皆平顶。冰雪，无瀑水，无鸟兽音迹。至日观数里内无树，而雪与人膝齐。

桐城姚鼐记。

注释

[1]选自《惜抱轩诗文集》。

[2]汶(wèn)水：发源于山东莱芜东北，向西南流经泰安。

[3]济水：发源于河南济源西王屋山，东流到山东入海。

[4]阳谷：山南面山谷中的水。

[5]当其南北分者：在那(阳谷和阴谷)南北分界处的。

[6]古长城：古代的长城，指春秋战国时齐国所筑长城的遗址，古时齐鲁两国以此分界。

[7]以：在。

[8]乾隆三十九年：1774年。乾隆，清高宗的年号。

[9]乘：这里是“冒”的意思。

[10]齐河、长清：齐河县、长清县(今长清区)，都在山东省。

[11]限：界限。

[12]丁未：丁未日(十二月二十八日)。古代以干支纪日。

[13]朱孝纯子颍：朱孝纯，字子颍。当时是泰安府的知府。

[14]磴：石阶。

[15]环水：水名，又名梳洗河，流出泰山，傍泰安城东面南流。

[16]循以入：顺着(中谷)进山。

[17]道少半：路不到一半。

[18]中岭：山名，又名中溪山。

[19]崖限当道者：像门槛一样横在路上的山崖。限，门槛。

[20]云:助词,无实义。

[21]几(jī):几乎。

[22]苍山负雪,明烛天南:青黑色的山上覆盖着白雪,(雪)光照亮了南面的天空。负,背。烛,照。

[23]城郭:城市。

[24]徂(cú)徕(lái):山名,在泰安东南。

[25]居:停留。

[26]戊申晦:戊申这一天是月底。晦,阴历每月最后一天。

[27]五鼓:五更。

[28]日观亭:亭名,在日观峰上。

[29]漫:弥漫。

[30]稍:逐渐。

[31]樗(chū)蒱(pú):古代的一种赌博游戏,这里指樗蒱所用的掷具,长形而末端尖锐,立起来像山峰。

[32]极天:天边。

[33]采:同"彩"。

[34]丹:朱砂。

[35]东海:泛指东面的海。这里是想象,实际上在山顶上并不能看见东海。

[36]或得日,或否:有的被日光照着,有的没有被照着。

[37]绛皓(hào)驳色:或红或白,颜色错杂。绛,大红。皓,白。驳,杂。

[38]若偻:像脊背弯曲的样子,引申为鞠躬的样子。日观峰西面诸峰都比日观峰低,所以这样说。

[39]岱祠:东岳大帝庙。

[40]碧霞元君:传说是东岳大帝的女儿。

[41]行宫:皇帝外出巡行时居住的处所。

[42]显庆:唐高宗的年号。

[43]漫失:模糊或缺失。漫,磨灭。

[44]圜:同"圆"。

作家作品

1. 归有光

归有光(1507—1571年),字熙甫,又字开甫,别号震川,又号项脊生,世称"震川先生",苏州府昆山县(今江苏省昆山市)宣化里人,明朝中期散文家。

嘉靖十九年(1540年),归有光中举人,之后参加会试,八次落第,遂徙居嘉定安亭江上,读书谈道,学徒众多。嘉靖四十四年(1565年),年近60岁的归有光得中进士。及第后历官长兴知县、顺德通判、南京太仆寺丞等职,故被称为"归太仆"。一度留掌内阁制敕房,参与编修《世宗实录》。

归有光崇尚唐宋古文,其散文风格朴实,感情真挚,是明代"唐宋派"代表作家,后人称赞其散文为"明文第一"。与唐顺之、王慎中并称为"嘉靖三大家"。著有《震川先生集》《三吴水利录》等。

2. 姚鼐

姚鼐(nài)(1731—1815年),字姬传,一字梦谷,室名惜抱轩,世称惜抱先生,安庆府桐城(今安徽省桐城市)人,清代散文家,与方苞、刘大櫆并称为"桐城派三祖"。

姚鼐于乾隆十五年(1750年)中江南乡试,乾隆二十八年(1763年)中进士,授庶吉士,曾任山东、湖南副主考,会试同考官。乾隆三十八年(1773年)入四库全书馆充纂修官,乾隆三十九年(1774年)秋,借病辞官。归里后,以授徒为生,先后主讲扬州梅花书院、安庆敬敷书院、歙县紫阳书院、南京钟山书院,培养了一大批学人弟子。嘉庆二十年(1815年),逝世于钟山书院。

姚鼐治学以经学为主,兼及子史、诗文。他文宗方苞,师承刘大櫆,主张"有所法而后能,有所变而后大",在方苞重义理、刘大櫆长于辞章的基础上,提出义理、考据、辞章三者不可偏废,发展和完善了桐城派文论。姚鼐为桐城派散文之集大成者,著有《惜抱轩诗文集》,编有《古文辞类纂》等。

推荐书目

1. 闲雅小品集观(上下):明清文人小品五十家[M]. 南昌:百花洲文艺出版社,1996.

2. 归有光抒情散文[M]. 北京:作家出版社,1998.

3. 古文辞类纂[M]. 上海:上海古籍出版社,1998.

研讨与练习

1. 归有光的感情是藏在叙事中的,请写篇短文从这一角度加以赏析。

2. 姚鼐是桐城派的"三祖"之一,作文讲究义理、辞章与考据并重,《登泰山记》就是典型代表,请结合原文加以阐释。

3. 据记载《登泰山记》是姚鼐辞官归里途中之所作。辞官的原因,现在一般认为是由于其学术观点与四库全书馆内尊崇汉学之士,特别是戴震的学术观点不合;也有学者认为这只是直接原因,而主要原因则是厌恶封建官场的腐朽险恶和坚持自己的个性独立而"不堪世用"。你能从这篇游记中帮助判断一下这些研究成果是否正确吗?

4. 背诵《项脊轩志》《登泰山记》。

第十课

现代散文选读

荷塘月色[1]

朱自清

这几天心里颇不宁静。今晚在院子里坐着乘凉，忽然想起日日走过的荷塘，在这满月的光里，总该另有一番样子吧。月亮渐渐地升高了，墙外马路上孩子们的欢笑，已经听不见了；妻在屋里拍着闰儿[2]，迷迷糊糊地哼着眠歌。我悄悄地披了大衫，带上门出去。

沿着荷塘，是一条曲折的小煤屑路。这是一条幽僻的路；白天也少人走，夜晚更加寂寞。荷塘四面，长着许多树，蓊蓊郁郁[3]的。路的一旁，是些杨柳，和一些不知道名字的树。没有月光的晚上，这路上阴森森的，有些怕人。今晚却很好，虽然月光也还是淡淡的。

路上只我一个人，背着手踱着。这一片天地好像是我的；我也像超出了平常的自己，到了另一世界里。我爱热闹，也爱冷静；爱群居，也爱独处。像今晚上，一个人在这苍茫的月下，什么都可以想，什么都可以不想，便觉是个自由的人。白天里一定要做的事，一定要说的话，现在都可不理。这是独处的妙处，我且受用这无边的荷香月色好了。

曲曲折折的荷塘上面，弥望[4]的是田田[5]的叶子。叶子出水很高，像亭亭的舞女的裙。层层的叶子中间，零星地点缀着些白花，有袅娜[6]地开着的，有羞涩地打着朵儿的；正如一粒粒的明珠，又如碧天里的星星，又如刚出浴的美人。微风过处，送来缕缕清香，仿佛远处高楼上渺茫的歌声似的。这时候叶子与花也有一丝的颤动，像闪电般，霎时传过荷塘的那边去了。叶子本是肩并肩密密地挨着，这便宛然有了一道凝碧的波痕。叶子底下是脉脉[7]的流水，遮住了，不能见一些颜色；而叶子却更见风致[8]了。

月光如流水一般，静静地泻在这一片叶子和花上。薄薄的青雾浮起在荷塘里。叶子和花仿佛在牛乳中洗过一样，又像笼着轻纱的梦。虽然是满月，天上却有一层淡淡的云，所以不能朗照；但我以为这恰是到了好处——酣眠固不可少，小睡也别有风味的。月光是隔了树照过来的，高处丛生的灌木，落下参差的斑驳[9]的黑影，峭楞楞如鬼一般；弯弯的杨柳的稀疏的倩影[10]，却又像是画在荷叶上。塘中的月色并不均匀；但光与影有着和谐的旋律，如梵婀玲[11]上奏着的名曲。

荷塘的四面，远远近近，高高低低都是树，而杨柳最多。这些树将一片荷塘重重围住；只在小路一旁，漏着几段空隙，像是特为月光留下的。树色一例[12]是阴阴的，乍看像一团烟雾；但杨柳的丰姿[13]，便在烟雾里也辨得出。树梢上隐隐约约的是一带远山，只有些大意罢了。树缝里也漏着一两点路灯光，没精打采的，是渴睡人的眼。这时候最热闹的，要数树上的蝉声与水里的蛙声；但热闹是它们的，我什么也没有。

忽然想起采莲的事情来了。采莲是江南的旧俗，似乎很早就有，而六朝时为盛；从诗歌里可以约略知道。采莲的是少年的女子，她们是荡着小船，唱着艳歌[14]去的。采莲人不用说很多，还有看采莲的人。那是一个热闹的季节，也是一个风流[15]的季节。梁元帝[16]《采莲赋》里说得好：

于是妖童媛女，荡舟心许[17]；鹢首[18]徐回，兼传羽杯；棹[19]将移而藻挂，船欲动而萍开。尔其纤腰束素，迁延顾步；夏始春余，叶嫩花初，恐沾裳而浅笑，畏倾船而敛裾[20]。

可见当时嬉游的光景了。这真是有趣的事，可惜我们现在早已无福消受了。

于是又记起《西洲曲》[21]里的句子：

采莲南塘秋，莲花过人头；低头弄莲子，莲子清如水。

今晚若有采莲人，这儿的莲花也算得“过人头”了；只不见一些流水的影子，是不行的。这令我到底惦着江南了。——这样想着，猛一抬头，不觉已是自己的门前；轻轻地推门进去，什么声息也没有，妻已睡熟好久了。

1927年7月，北京清华园

注释

[1]选自《朱自清全集》第一卷。

[2]闰儿：作者次子朱闰生。

[3]蓊(wěng)蓊郁郁：形容树木茂盛的样子。

[4]弥望：充满视野，满眼。

[5]田田：形容荷叶相连的样子。汉乐府《江南》中有“莲叶何田田”的句子。

[6]袅(niǎo)娜(nuó)：柔美的样子。

[7]脉脉：默默，形容水没有声音。

[8]风致：美的姿态。

[9]斑驳：原指一种颜色中杂有别的颜色。这里有深浅不一的意思。

[10]倩影：美丽的影子。

[11]梵婀(ē)玲：英语violin的音译，即小提琴。

[12]一例：一概、一律。

[13]丰姿：风度、仪态，一般指美好的姿态，也写作“风姿”。

[14]艳歌：专门描写男女爱情的歌曲。

[15]风流：这里指年轻男女不拘礼法地表露自己的爱情。

[16]梁元帝：南朝梁代皇帝萧绎。

[17]妖童媛(yuán)女，荡舟心许：艳丽的少男和美貌的少女，摇着小船互相默默地传情。妖，艳丽。媛女，美女。心许，默许。

[18]鹢(yì)首：古时画鹢于船头，所以把船头叫鹢首。鹢，水鸟。

[19]棹(zhào):船桨。

[20]敛裾(jū):提着衣襟。裾,衣襟。

[21]《西洲曲》:南朝乐府诗,描写一个青年女子思念意中人的痛苦。

作家作品

朱自清(1898—1948年),原名自华,字佩弦,号秋实,原籍浙江绍兴,生于江苏东海。因其祖父与父亲定居于扬州,故他又自称"扬州人"。朱自清是现代著名散文家、诗人、学者、民主战士。

朱自清1916年中学毕业后成功考入北京大学预科。1919年开始发表诗歌。1921年,加入文学研究会,成为"为人生"代表作家。1922年,与叶圣陶等创办了我国新文学史上第一个诗刊——《诗》月刊,倡导新诗。次年,发表长诗《毁灭》,引起当时诗坛广泛注意,继而写《桨声灯影里的秦淮河》,被誉为"白话美术文的模范"。1924年,诗文集《踪迹》出版。1925年,应清华大学之聘,任中文系教授。创作由诗歌转向散文,同时致力于古典文学研究。三一八惨案后,他撰写《执政府大屠杀记》等文章,声讨军阀政府暴行。1928年,第一部散文集《背影》出版。1930年,代理清华大学中文系主任。次年,留学英国,并漫游欧洲数国,著有《欧游杂记》《伦敦杂记》。1932年归国,继任清华大学中文系教授兼系主任。一二·九运动中,他同学生一道上街游行。抗日战争爆发后,随校南迁,任西南联合大学教授。1946年10月返北平,受校方委托主编《闻一多全集》。同时,积极参加各项民主活动。1948年,签名于《抗议美国扶日政策并拒绝领取美援面粉宣言》,始终保持爱国知识分子的气节。1948年8月12日因胃穿孔病逝于北平,年仅50岁。

本文写于1927年7月,正值四一二反革命政变发生后,蒋介石背叛革命之时。曾参加过五四运动的朱自清,面对黑暗现实,借对"荷塘月色"的细腻描绘,含蓄而又委婉地抒发了作者不满现实,渴望自由,想超脱现实而又不能的复杂的思想感情,为我们留下了旧中国正直知识分子在苦难中徘徊前进的足迹。

推荐书目

1. 林非. 中国散文大辞典[M]. 郑州:中州古籍出版社,1997.

2. 朱自清散文集[M]. 北京:西苑出版社,2006.

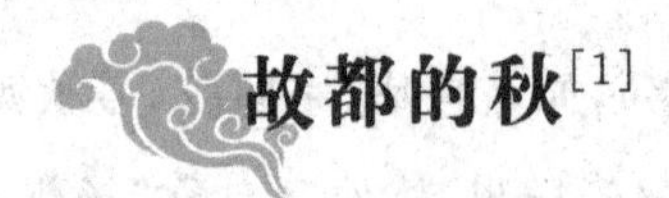

故都的秋[1]

郁达夫

秋天,无论在什么地方的秋天,总是好的;可是啊,北国的秋,却特别地来得清,来得静,来得悲凉。我的不远千里,要从杭州赶上青岛,更要从青岛赶上北平来的理由,也不过想饱尝一尝这"秋",这故都的秋味。

江南,秋当然也是有的,但草木凋得慢,空气来得润,天的颜色显得淡,并且又时常多雨而少风;一个人夹在苏州上海杭州,或厦门香港广州的市民中间,混混沌沌地过去,只能感到一点点清凉,秋的味,秋的色,秋的意境与姿态,总看不饱,尝不透,赏玩不到十足。秋并不是名花,也并不是美酒,那一种半开、半醉的状态,在领略秋的过程上,是不合适的。

不逢北国之秋,已将近十年了。在南方每年到了秋天,总要想起陶然亭[2]的芦花,钓鱼台[3]的柳影,西山[4]的虫唱,玉泉[5]的夜月,潭柘寺[6]的钟声。在北平即使不出门去吧,就是在皇城人海之中,租人家一椽[7]破屋来住着,早晨起来,泡一碗浓茶,向院子一坐,你也能看得到很高很高的碧绿的天色,听得到青天下驯鸽的飞声。从槐树叶底,朝东细数着一丝一丝漏下来的日光,或在破壁腰中,静对着像喇叭似的牵牛花(朝荣)的蓝朵,自然而然地也能够感觉到十分的秋意。说到了牵牛花,我以为以蓝色或白色者为佳,紫黑色次之,淡红色最下。最好,还要在牵牛花底,教长着几根疏疏落落的尖细且长的秋草,使作陪衬。

北国的槐树,也是一种能使人联想起秋来的点缀。像花而又不是花的那一种落蕊,早晨起来,会铺得满地。脚踏上去,声音也没有,气味也没有,只能感出一点点极微细极柔软的触觉。扫街的在树影下一阵扫后，灰土上留下来的一条条扫帚的丝纹，看起来既觉得细腻，又觉得清闲，潜意识下并且还觉得有点儿落寞[8]，古人所说的梧桐一叶而天下知秋[9]的遥想，大约也就在这些深沉的地方。

秋蝉的衰弱的残声，更是北国的特产；因为北平处处全长着树，屋子又低，所以无论在什么地方，都听得见它们的啼唱。在南方是非要上郊外或山上去才听得到的。这嘶叫的秋蝉，在北平可和蟋蟀耗子一样，简直像是家家户户都养在家里的家虫。

还有秋雨哩，北方的秋雨，也似乎比南方的下得奇，下得有味，下得更像样。

在灰沉沉的天底下，忽而来一阵凉风，便息列索落地下起雨来了。一层雨过，云渐渐地卷向了西去，天又青了，太阳又露出脸来了，着[10]着很厚的青布单衣或夹袄的都市闲人，咬着烟管，在雨后的斜桥影里，上桥头树底去一立，遇见熟人，便会用了缓慢悠闲的声调，微叹着互答着地说：

"唉，天可真凉了——"(这了字念得很高，拖得很长。)

"可不是吗？一层秋雨一层凉啦！"

北方人念阵字，总老像是层字，平平仄仄起来[11]，这念错的歧韵，倒来得正好。

北方的果树，到秋来，也是一种奇景。第一是枣子树；屋角，墙头，茅房边上，灶房门口，它都会一株株地长大起来。像橄榄又像鸽蛋似的这枣子颗儿，在小椭圆形的细叶中间，显出淡绿微黄的颜色的时候，正是秋的全盛时期；等枣树叶落，枣子红完，西北风就要起来了，北方便是尘沙灰土的世界，只有这枣子、柿子、葡萄，成熟到八九分的七八月之交，是北国的清秋的佳日，是一年之中最好也没有的 Golden Days[12]。

有些批评家说，中国的文人学士，尤其是诗人，都带着很浓厚的颓废色彩，所以中国的诗文里，赞颂秋的文字特别多。但外国的诗人，又何尝不然？我虽则外国诗文念得不多，也不想开出账来，做一篇秋的诗歌散文钞[13]，但你若去一翻英德法意等诗人的集子，或各国的诗文的 Anthology[14] 来，总能够看到许多关于秋的歌颂与悲啼。各著名的大诗人的长篇田园诗或四季诗里，也总以关于秋的部分，写得最出色而最有味。足见有感觉的动物，有情趣的人类，对于秋，总是一样地能特别引起深沉、幽远、严厉、萧索的感触来的。不单是诗人，就是被关闭在牢狱里的囚犯，到了秋天,我想也一定会感到一种不能自已的深情;秋之于人,何尝有国别,更何尝有人种阶级的区别呢?不过在中国,文字里有一个“秋士[15]”的成语,读本里又有着很普遍的欧阳子的《秋声》[16]与苏东坡的《赤壁赋》等,就觉得中国的文人,与秋的关系特别深了。可是这秋的深味,尤其是中国的秋的深味,非要在北方,才感受得到底。

南国之秋,当然是也有它的特异的地方的,譬如廿四桥的明月,钱塘江的秋潮,普陀山的凉雾,荔枝湾[17]的残荷,等等,可是色彩不浓,回味不永。比起北国的秋来,正像是黄酒之与白干,稀饭之与馍馍,鲈鱼之与大蟹,黄犬之与骆驼。

秋天,这北国的秋天,若留得住的话,我愿意把寿命的三分之二折去,换得一个三分之一的零头。

1934年8月,在北平

[1]本文选自《郁达夫散文》。

[2]陶然亭:位于北京城南,亭名出自白居易诗句“更待菊黄家酿熟,共君一醉一陶然”。

[3]钓鱼台:在北京阜成门外三里河,玉渊潭公园北面,环境清幽。

[4]西山:北京西郊群山的总称,是京郊名胜。

[5]玉泉:玉泉山,是西山东麓支脉。

[6]潭柘(zhè)寺:在北京西山,相传寺址本在青龙潭上,有古柘千章,因此得名。

[7]椽:本指放在房檩上架着屋面板和瓦的木条。这里作量词。

[8]落寞:冷落,寂寞。

[9]梧桐一叶而天下知秋:语出《淮南子》。《淮南子·说山训》:“见一叶落而知岁之将暮。”

[10]着(zhuó):穿(衣)。

[11]平平仄仄起来:意即推敲起字的韵律来。

[12]Golden Days:英语中指“黄金般的日子”。

[13]钞:文学作品等经过选录而成的集子。

[14]Anthology:英语中指“选集”。

[15]秋士:古时指到了暮年仍不得志的知识分子。

[16]欧阳子的《秋声》:欧阳修的《秋声赋》。

[17]荔枝湾:位于广州城西。

作家作品

郁达夫(1896—1945年),原名郁文,浙江富阳人,中国现代著名作家。1913年赴日本留学,1921年参与发起成立文学团体创造社,1922年毕业于东京帝国大学(现东京大学)经济学部。1923年起在北京大学、武昌师范大学等校任教。1930年发起并加入中国自由运动大同盟,参加中国左翼作家联盟。1938年底至新加坡,从事报刊编辑和抗日救亡工作。1942年流亡到苏门答腊,1945年日本投降后被日本宪兵秘密杀害。1952年,被中央人民政府追认为革命烈士。其创作风格独特,成就卓著,尤以小说和散文著称,代表作为《沉沦》《故都的秋》《春风沉醉的晚上》《迟桂花》等。

推荐书目

1. 林非.中国散文大辞典[M].郑州:中州古籍出版社,1997.

2. 郁达夫散文[M].北京:人民文学出版社,2008.

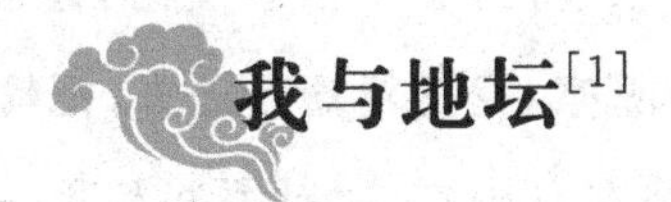

我与地坛[1]

史铁生

一

我在好几篇小说中都提到过一座废弃的古园,实际就是地坛。许多年前旅游业还没有开展,园子荒芜冷落得如同一片野地,很少被人记起。

地坛离我家很近。或者说我家离地坛很近。总之，只好认为这是缘分。地坛在我出生前四百多年就坐落在那儿了，而自从我的祖母年轻时带着我父亲来到北京，就一直住在离它不远的地方——五十多年间搬过几次家，可搬来搬去总是在它周围，而且是越搬离它越近了。我常觉得这中间有着宿命的味道：仿佛这古园就是为了等我，而历尽沧桑在那儿等待了四百多年。

它等待我出生，然后又等待我活到最狂妄的年龄上忽地残废了双腿。四百多年里，它一面剥蚀了古殿檐头浮夸的琉璃，淡褪了门壁上炫耀的朱红，坍圮了一段段高墙，又散落了玉砌雕栏，祭坛四周的老柏树愈见苍幽，到处的野草荒藤也都茂盛得自在坦荡。这时候想必我是该来了。十五年前的一个下午，我摇着轮椅进入园中，它为一个失魂落魄的人把一切都准备好了。那时，太阳循着亘古不变的路途正越来越大，也越红。在满园弥漫的沉静光芒中，一个人更容易看到时间，并看见自己的身影。

自从那个下午我无意中进了这园子，就再没长久地离开过它。我一下子就理解了它的意图。正如我在一篇小说[2]中所说的："在人口密聚的城市里，有这样一个宁静的去处，像是上天的苦心安排。"

两条腿残废后的最初几年，我找不到工作，找不到去路，忽然间几乎什么都找不到了，我就摇了轮椅总是到它那儿去，仅为着那儿是可以逃避一个世界的另一个世界。我在那篇小说中写道："没处可去我便一天到晚耗在这园子里。跟上班下班一样，别人去上班我就摇了轮椅到这儿来。""园子无人看管，上下班时间有些抄近路的人们从园中穿过，园子里活跃一阵，过后便沉寂下来。""园墙在金晃晃的空气中斜切下一溜阴凉，我把轮椅开进去，把椅背放倒，坐着或是躺着，看书或者想事，撅[3]一杈树枝左右拍打，驱赶那些和我一样不明白为什么要来这世上的小昆虫。""蜂儿如一朵小雾稳稳地停在半空；蚂蚁摇头晃脑捋着触须，猛然间想透了什么，转身疾行而去；瓢虫爬得不耐烦了，累了，祈祷一回便支开翅膀，忽悠一下升空了；树干上留着一个蝉蜕，寂寞如一间空屋；露水在草叶上滚动，聚集，压弯了草叶，轰然坠地，摔开万道金光。""满园子都是草木竞相生长弄出的响动，窸窸窣窣[4]窸窸窣窣片刻不息。"这都是真实的记录，园子荒芜但并不衰败。

除去几座殿堂我无法进去，除去那座祭坛我不能上去而只能从各个角度张望它，地坛的每一棵树下我都去过，差不多它的每一平米草地上都有过我的车轮印。无论是什么季节，什么天气，什么时间，我都在这园子里待过。有时候待一会儿就回家，有时候就待到满地上都亮起月光。记不清都是在它的哪些角落里了，我一连几小时专心致志地想关于死的事，也以同样的耐心和方式想过我为什么要出生。这样想了好几年，最后事情终于弄明白了：一个人，出生了，这就不再是一个可以辩论的问题，而只是上天交给他的一个事实；上天在交给我们这个事实的时候，已经顺便保证了它的结果，所以死是一件不必急于求成的事，死是一个必然会降临的节日。这样想过之后我安心多了，眼前的一切不再那么可怕。比如你起早熬夜准备考试的时候，忽然想起有一个长长的假期在前面等待你，你会不会觉得轻松一点？并且庆幸并且感激这样的安排？

剩下的就是怎样活的问题了。这却不是在某一个瞬间就能完全想透的，不是能够一次性解决的事，怕是活多久就要想它多久了，就像是伴你终生的魔鬼或恋人。所以，十五年了，我还是总得到那古园里去，去它的老树下或荒草边或颓墙旁，去默坐，去呆想，去推开耳边的嘈杂理一理纷乱的思绪，去窥看自己的心魂。十五年中，这古园的形体被不能理解它的人肆意雕琢，幸好有些东西是任谁也不能改变它的。譬如祭坛石门中的落日，寂静的光辉平铺的一刻，地上的每一个坎坷都被映照得灿烂；譬如在园中最为落寞的时间，一群雨燕便出来高歌，把天地都叫喊得苍凉；譬如冬天雪地上孩子的脚印，总让人猜想他们是谁，曾在哪儿做过些什么，然后又都到哪儿去了；譬如那些苍黑的古柏，你忧郁的时候它们镇静地站在那儿，你欣喜的时候它们依然镇静地站在那儿，它们没日没夜地站在那儿，从你没有出生一直站到这个世界上又没了你的时候；譬如暴雨骤临园中，激起一阵阵灼烈而清纯的草木和泥土的气味，让人想起无数个夏天的事件；譬如秋风忽至，再有一场早霜，落叶或飘摇歌舞或坦然安卧，满园中播散着熨帖[5]而微苦的味道。味道是最说不清楚的，味道不能写只能闻，要你身临其境去闻才能明了。味道甚至是难于记忆的，只有你又闻到它你才能记起它的全部情感和意蕴。所以我常常要到那园子里去。

二

现在我才想到，当年我总是独自跑到地坛去，曾经给母亲出了一个怎样的难题。

她不是那种光会疼爱儿子而不懂得理解儿子的母亲。她知道我心里的苦闷，知道不该阻止我出去走走，知道我要是老待在家里结果会更糟，但她又担心我一个人在那荒僻的园子里整天都想些什么。我那时脾气坏到极点，经常是发了疯一样地离开家，从那园子里回来又中了魔似的什么话都不说。母亲知道有些事不宜问，便犹犹豫豫地想问而终于不敢问，因为她自己心里也没有答案。她料想我不会愿意她跟我一同去，所以她从未这样要求过，她知道得给我一点独处的时间，得有这样一段过程。她只是不知道这过程得要多久，和这过程的尽头究竟是什么。每次我要动身时，她便无言地帮我准备，帮助我上了轮椅车，看着我摇车拐出小院；这以后她会怎样，当年我不曾想过。

有一回我摇车出了小院，想起一件什么事又返身回来，看见母亲仍站在原地，还是送我走时的姿势，望着我拐出小院去的那处墙角，对我的回来竟一时没有反应。待她再次送我出门的时候，她说："出去活动活动，去地坛看看书，我说这挺好。"许多年以后我才渐渐听出，母亲这话实际上是自我安慰，是暗自的祷告，是给我的提示，是恳求与嘱咐。只是在她猝然去世之后，我才有余暇设想，当我不在家里的那些漫长的时间，她是怎样心神不定坐卧难宁，兼着痛苦、惊恐与一个母亲最低限度的祈求。现在我可以断定，以她的聪慧和坚忍，在那些空落的白天后的黑夜，在那不眠的黑夜后的白天，她思来想去最后准是对自己说："反正我不能不让他出去，未来的日子是他自己的，如果他真的要在那园子里出了什么事，这苦难也只好我来承担。"在那段日子里——那是好几年长的一段日子，我想我一定使母亲做过最坏的准备了，但她从来没有对我说过"你为我想想"。事实上我也真的没为她想过。那时她的儿子还太年轻，还来不及为母亲想，他被命运击昏了头，一心以为自己是世上最不幸的一个，不知道儿子的不幸在母亲那儿总是要加倍的。她有一个长到二十岁上忽然截瘫了的儿子，这是她唯一的儿子；她情愿截瘫的是自己而不是儿子，可这事无法代替；她想，只要儿子能活下去，哪怕自己去死呢也行，可她又确信一个人不能仅仅是活着，儿子得有一条路走向自己的幸福；而这条路呢，没有谁能保证她的儿子终于能找到。——这样一个母亲，注定是活得最苦的母亲。

有一次与一个作家朋友聊天，我问他学写作的最初动机是什么？他想了一会说："为我母亲。为了让她骄傲。"我心里一惊，良久无言。回想自己最初写小说的动机，虽不似这位朋友的那般单纯，但如他一样的愿望我也有，且一经细想，发现这愿望也在全部动机中占了很大比重。这位朋友说："我的动机太低俗了吧？"我光是摇头，心想低俗并不见得低俗，只怕是这愿望过于天真了。他又说："我那时真就是想出名，出了名让别人羡慕我母亲。"我想，他比我坦率。我想，他又比我幸福，因为他的母亲还活着。而且我想，他的母亲也比我的母亲运气好，他的母亲没有一个双腿残废的儿子，否则事情就不这么简单。

在我的头一篇小说发表的时候，在我的小说第一次获奖的那些日子里，我真是多么希望我的母亲还活着。我便又不能在家里待了，又整天整天独自跑到地坛去，心里是没头没尾的沉郁和哀怨，走遍整个园子却怎么也想不通：母亲为什么就不能再多活两年？为什么在她儿子就快要碰撞开一条路的时候，她却忽然熬不住了？莫非她来此世上只是为了替儿子担忧，却不该分享我的一点点快乐？她匆匆离我去时才只有四十九岁呀！有那么一会，我甚至对世界对上天充满了仇恨和厌恶。后来我在一篇题为《合欢树》的文章中写道："我坐在小公园安静的树林里，闭上眼睛，想，上天为什么早早地召母亲回去呢？很久很久，迷迷糊糊的我听见了回答：'她心里太苦了，上天看她受不住了，就召她回去。'我似乎得了一点安慰，睁开眼睛，看见风正从树林里穿过。"小公园，指的也是地坛。

只是到了这时候，纷纭的往事才在我眼前幻现得清晰，母亲的苦难与伟大才在我心中渗透得深彻。上天的考虑，也许是对的。

摇着轮椅在园中慢慢走，又是雾罩的清晨，又是骄阳高悬的白昼，我只想着一件事：母亲已经不在了。在老柏树旁停下，在草地上在颓墙边停下，又是处处虫鸣的午后，又是鸟儿归巢的傍晚，我心里只默念着一句话：可是母亲已经不在了。把椅背放倒，躺下，似睡非睡挨到日没，坐起来，心神恍惚，呆呆地直坐到古祭坛上落满黑暗然后再渐渐浮起月光，心里才有点明白，母亲不能再来这园中找我了。

曾有过好多回，我在这园子里待得太久了，母亲就来找我。她来找我又不想让我发觉，只要见我还好好地在这园子里，她就悄悄转身回去，我看见过几次她的背影。我也看见过几回她四处张望的情景，她视力不好，端着眼镜像在寻找海上的一条船，她没看见我时我已经看见她了，待我看见她也看见我了我就不去看她，过一会我再抬头看她就又看见她缓缓离去的背影。我更是无法知道有多少回她没有找到我。有一回我坐在矮树丛中，树丛很密，我看见她没有找到我；她一个人在园子里走，走过我的身旁，走过我经常待的一些地方，步履茫然又急迫。我不知道她已经找了多久还要找多久，我不知道为什么我决意不喊她——但这绝不是小时候的捉迷藏，这也许是出于长大了的男孩子的倔强或羞涩？但这倔强只留给我痛悔，丝毫也没有骄傲。我真想告诫所有长大了的男孩子，千万不要跟母亲来这套倔强，羞涩就更不必，我已经懂了，可我已经来不及了。

儿子想使母亲骄傲，这心情毕竟是太真实了，以致使“想出名”这一声名狼藉的念头也多少改变了一点形象。这是个复杂的问题，且不去管它了吧。随着小说获奖的激动逐日暗淡，我开始相信，至少有一点我是想错了：我用纸笔在报刊上碰撞开的一条路，并不就是母亲盼望我找到的那条路。年年月月我都到这园子里来，年年月月我都要想，母亲盼望我找到的那条路到底是什么。母亲生前没给我留下过什么隽永[6]的哲言，或要我恪守的教诲，只是在她去世之后，她艰难的命运，坚忍的意志和毫不张扬的爱，随光阴流转，在我的印象中愈加鲜明深刻。

有一年，十月的风又翻动起安详的落叶，我在园中读书，听见两个散步的老人说：“没想到这园子有这么大。”我放下书，想，这么大一座园子，要在其中找到她的儿子，母亲走过了多少焦灼的路。多年来我头一次意识到，这园中不单是处处都有过我的车辙，有过我的车辙的地方也都有过母亲的脚印。

注释

[1]节选自《史铁生散文选》。略有改动。地坛在北京安定门外，始建于明嘉靖九年(1530年)，为明清皇帝祭地之坛。

[2]一篇小说：指作者的小说《我之舞》。

[3]撅(juē)：折。

[4]窸(xī)窸窣(sū)窣：象声词，形容细小的摩擦声。

[5]熨(yù)帖:舒服、舒适。

[6]隽(juàn)永:意味深长。

作家作品

史铁生(1951—2010年),北京人,著名小说家、散文家。

史铁生1967年毕业于清华大学附属中学。1969年去陕西延安插队。后因双腿瘫痪返回北京医疗。病后致力于文学创作。

多年来史铁生与疾病顽强抗争,在病榻上创作出了大量优秀的、广为人知的文学作品。著有短篇小说《午餐半小时》《我们的角落》《我的遥远的清平湾》《奶奶的星星》《命若琴弦》《第一人称》《别人》《老屋小记》,中篇小说《关于詹牧师的报告文学》《插队的故事》《礼拜日》《原罪·宿命》《一个谜语的几种简单的猜法》等,散文随笔《好运设计》《我与地坛》《合欢树》《秋天的怀念》,长篇小说《务虚笔记》等。作品曾先后获全国优秀短篇小说奖、鲁迅文学奖,以及多种全国文学奖项。一些作品被译成英、法、日等文字,单篇或结集在海外出版。

推荐书目

1. 史铁生自选集[M]. 成都:天地出版社,2017.

2. 赵泽华. 史铁生传:从炼狱到天堂[M]. 西安:陕西师范大学出版社,2018.

研讨与练习

1. 请思考朱自清在《荷塘月色》中表达了怎样的渴望。他是怎样表达的?

2. 如果让你以《故都的秋》为底本拍摄一个约两分钟的短视频,请选择其中典型情景写一个拍摄脚本。

3. 史铁生在情景的描写中表达了对生命的感悟,请写篇500字的小论文来表达你的认识。

4. 课外通读史铁生《我与地坛》的其他部分。